KB061073

여기에 담긴 모든 문장은
아주 오래 전부터 당신을 위해 존재했고,
당신의 행복을 열원하고 있었습니다.

2024. 가을에
유선경

하루 한 장
나의 어휘력을 위한
필사 노트

"그러니, 나와 함께 늙어갑시다.
최고의 순간은 아직 오지 않았으니."

ㅡ로버트 브라우닝, 〈랍비, 벤 에즈라〉 중에서

목차

3. 승자독식의 어휘를 대체하기   93

두 번째 걸음, 어휘력을 기르는 비결

1. 관계의 시작, 관심   123

세 번째 걸음, 어휘가 주는 힘

서문   **필사,**
살기 위하여

   제 이름은 한자로 착할 선善, 공경할 경敬을 씁니다. 어릴 적부터 고리타분하다고 생각했습니다. '여자로서 착하게 살고 남편과 어른을 공경해라'는 뜻으로 여겼으니까요. 그렇게 사십여 년을 살다가 첫 책 출간을 앞두고 마침내 아버지에게 확고한 의지를 표명했습니다.

   "책을 내면 유선경 말고 필명을 따로 쓸 거예요."

   그 순간 아버지의 얼굴이 감추지 못한 표정을 잊지 못합니다. 난생 처음 보는, 서운함을 넘어 진심으로 상처받은 표정이었습니다.

   "내가 네 이름을 어떻게…… 얼마나…… (말을 잇지 못하고) 몇날 며칠 옥편을 뒤적이며 공들여 지었는데……."

   마음이 약해졌지만 이대로 물러설 수 없어 샐쭉하니 여쭸지요.

   "무슨 뜻으로 지으신 건데요? (속생각: '뻔하지 뭐')"

아! 그때 아버지가 하신 말씀은 지금도 부끄럽고 아픕니다.

"착한 일을 많이 해서 사람들에게 공경받는 사람이 되라고 지었지."

그 말을 듣고 얼마나 당황했던지 도리어 성을 내고 말았습니다.

"진작 좀 말해주지!"

이름 글자는 오해했을 때나 이해했을 때나 똑같습니다. 그러나 알고 나서 '나 이렇게 축복받은 아이였어!' 하는 뿌듯함이 생겼습니다. 고리타분한 이름이 아버지에게 받은 가장 큰 선물로 바뀌었습니다. 앎이 준 변화입니다.

많은 이들이 어떻게 하면 세상이 변하겠느냐고 묻습니다. 저는 세상이 어떻게 변할지는 더 이상 궁금하지 않습니다. 그보다 어떻게 해야 세상을 대하는 당신이 변할 수 있을지 궁금합니다. 세상은 그 후에야 변하겠지요. 이러한 변화를 이끄는 시작은 '앎'에 달려 있습니다. '많이'가 아닌 '올바로'에 말입니다.

어휘력이나 문해력의 목적은 단순히 잘 읽고 잘 말하며 잘 쓰는 데만 있지 않습니다. 궁극적인 목적은 '살기 위해서'입니다. 읽고 말하며 쓰는 것은 우리가 살기 위한 방법입니다. 구체적으로 인생의 다양한 과제와 문제를 예측하고 대비하며 해결하기 위함입니다. 동시에 그렇게 했음에도 피할 수 없는 위기나 고통을 겪을 수 있다는 사실을 이해하고, 맞아 쓰러지더라도 무기력이나 절망, 증오에 빠지는 대신 수월히 회복하기 위해서입니다.

이런 이야기는 문답으로 간략히 귀결되는 정보로 얻거나 전달할 수 없습니다. 세밀하고 깊이 있는 지식이 필요합니다. 대부분 '글', 하필이면 '긴

글'에 들어 있습니다. 독자를 괴롭히려고 짧게 할 수 있는 말을 일부러 길게 쓰는 게 아닙니다. 인생에서 정작 중요한 것들은 너무나 추상적이고 복잡하며 지난해 '글'로 전달하는 것이 최선일 때가 많습니다.

또한 세상을 움직이고 변화시키는 정보와 지식 역시 글로 전달됩니다(인간의 삶을 진일보시키는 데 크게 기여한 학술논문 등을 예로 떠올리면 쉽게 이해할 수 있겠습니다). 이에 따른 지식의 양극화는 상당히 우려되는 사안입니다. 자의적으로 편집된 정보나 지식이 아닌 양질의 글을 선별할 수 있고, 이해하며 맥락을 짚어내 자신의 삶에 적용하고 활용하는 힘이 부족하면 지식이 주는 혜택에서 소외될 수밖에 없습니다.

책의 소멸이나 글의 종말을 우려하는 시대에는 지식의 양극화가 더욱 심해질 것입니다. 더 이상 글도 책도 필요치 않다는 소리를 듣는다면 부디 '우리 다 함께 못 살아봅시다' 하는 선동으로 치부합시다.

그럼에도, 글을 읽는 데 '어휘력', '문해력' 등의 진입 장벽이 분명 존재한다는 점과 이에 대한 해결책으로 무작정 '책 읽기'만 강조하는 것이 뜬소리가 되고 마는 안타까운 현실을 이제는 받아들일 수밖에 없을 것 같습니다.

실제로 어휘력은 책 읽기만으로 향상되기 힘든 면이 있습니다. 이 책을 준비하면서 오랜 세월 써온 필사노트와 일기를 뒤적이다 지금껏 생각지 못한 사실을 발견했습니다. 바로 자기 이야기를 꾸준히 쓸 때 어휘력과 문장력이 폭발적으로 향상한다는 것입니다. 어휘력과 문해력, 문장력은 '독서'와 '필사', '글쓰기'를 함께 실행할 때 서로 영향을 주고받으면서 그나마 짧은 기간에 가장 효과적으로 성장합니다. 특히 필사는 가장 깊이 책을 읽는 방법입니다. 눈으로 읽을 때는 미처 알지 못한 이야기가 읽힙니다.

저는 중학생 때부터 필사를 했고, 지금도 하고 있습니다. 이 책에 수록한 (저의 전작을 제외한) 130여 개의 문장은 거기서 길어 올린 것으로 눈으로 읽어도 좋지만 집중해서 천천히 손으로 필사할 때 더욱 각별한 울림이 있는 문장들을 우선하여 골랐습니다. 또 모두 작품 자체로도 훌륭해 자신 있게 일독을 권할 수 있는 도서들로 채웠습니다. 행여 작품에 누가 되거나 자칫 선입견을 주지 않도록 최대한 유의하며 발췌했는데 바람이 이루어질지 모르겠습니다. 더불어 앞서 읽고 필사한 문장에서 습득한 어휘력 등을 이용해 자기만의 글쓰기를 할 수 있도록 따로 지면을 구성하였고 최대한 활용해주시면 좋겠습니다. 각주에 유의어를 수록한 경우는 필사한 문장에 그 유의어들을 대입해가며 말맛을 느끼라는 의도를 담았습니다.

진입 장벽이 높다면 사다리를 놓으면 됩니다. 한 칸씩 밟고 올라가면 됩니다. 적진으로 쳐들어가는 게 아니기에 누구도 내가 밟고 선 사다리를 발로 차서 넘어뜨리지 않습니다. 오히려 거기서는 우리를 기다리며 응원하고 있습니다. 발걸음을 내디딜 때마다 문장들이 보내는 응원을 느낄 수 있습니다. 힘을 얻어 느긋하게 한걸음씩 꾹꾹 밟고 올라갑시다. 그러한 사다리를 짓는 마음으로 기획했고 공들여 짜임새를 구성했습니다. 이런 마음을 알아주시고 흔쾌히 인용을 허락한 출판사와 저자 분들께 감동했고 또한 깊이 감사드립니다.

선물을 준비할 때 설레는 마음을 아시지요. 동서고금의 아름답고 지혜로운 문장들과 뒹굴뒹굴하며 사랑을 나눈 지난 일 년여의 시간이 저에게는 내

내 그러했습니다. 이제 당신에게 저의 설렘과 함께 동서고금의 문장가들이 준비한 선물을 드립니다. 아무도 아닌 바로 당신을 위한, 당신이 살기 위한 선물입니다.

2024년 새봄에

유선경

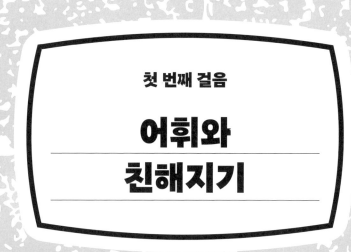

첫 번째 걸음

어휘와
친해지기

1. 의성어와 의태어를 활용해서 느낌 있는 글쓰기

 아무리 어휘력이 부족하다고 해도 모국어 사용자라면 느낌이나 감정을 표현할 수 있는 어휘를 이미 지니고 있습니다. 자신감을 가지세요. 내가 잘 아는 어휘를 적절한 맥락에서 천진하게 구사하면 느낌이나 감정, 생각 등을 직관적이고 생생하게 전달할 수 있습니다.

 이따금 빤히 아는 낱말인데 소리 내어 말하거나 손으로 쓸 때 새삼 낯설게 느낀 적이 있을 거예요. 어휘는 홀로 존재할 수 없답니다. 문장의 재료이기에 문장을 통해서만 생명력을 가져요. 아는데 막상 말이나 글로 사용하려니 어색하다면 듣고 보기는 했어도 입이나 손과 같이 몸을 써 사용한 경험이 적어서입니다.

 어휘와 친숙해지는 가장 즉각적이고 쉬운 방법은 '의성어와 의태어를 활용해서 느낌 있는 글쓰기'입니다. 의성어와 의태어는 흔히 사용하는 일상어지요. 흔하디흔한 일상어라는 재료로 신선하고 선명하게 표현하려면 밀봉한 감각부터 일깨워야 해요.

감각을 일깨우려면 의외로 상상력이 필요하지요. 자, 상상해볼까요.

지금 막 당신의 얼굴은 도화지가 됐습니다.
싱그러운 신록을 보면 두 눈이 환하게 그려집니다.
허기진 배로 맛있는 음식 냄새를 맡으면 코가 그려지고
좋아하는 음악이나 그리운 사람의 목소리를 들으면 귀가 그려집니다.
감탄할 때마다 새로 그려지는 입의 모양을 떠올려보세요.
또 어떨 때 눈과 코, 입, 귀, 팔과 다리, 심장이 새로 그려질까요.

러시아 시인 세르게이 예세닌이 노래했습니다.
"나는 영혼에 육신을 입히는 이 세상 모든 것을 너무나 사랑했다."
멋진 발상이지요. 육신이 있고 영혼이 있는 게 아니라 영혼이 먼저 있고, 이 세상 모든 것을 사랑함으로써 육신을 입는 존재, 바로 '나'입니다. 그러니 매일 영혼에 육신을 입히는 모든 것을 생생하게 체험합시다. 그때마다 들리는 소리, 냄새, 맛, 모양을 글자로 앉혀봅시다. 그 원초적인 감각의 어휘들을 사는 동안 놓치지 마세요.

당신의 영혼이 육신을 입는 순간마다 태어나 당신과 함께 살고 있으며 당신을 지켜줄 어휘들이니까요.

미하엘 엔데 소설《모모》

"빛을 보기 위해 눈이 있고, 소리를 듣기 위해 귀가 있듯이, 너희들은
시간을 느끼기 위해 가슴을 갖고 있단다. 가슴으로 느끼지 않은
시간은 모두 없어져 버리지. (중략) 허나 슬프게도 이 세상에는 쿵쿵
뛰고 있는데도 아무것도 느끼지 못하는, 눈멀고, 귀 먹은 가슴들이
수두룩하단다."
"그럼 제 가슴이 언젠가 뛰기를 멈추면 어떻게 돼요?"
"그럼, 네게 지정된 시간도 멈추게 되지. 아가, 네가 살아 온 시간, 다시
말해서 지나 온 너의 낮과 밤들, 달과 해들을 지나 되돌아간다고 말할
수도 있을 게다. 너는 너의 일생을 지나 되돌아가는 게야. 언젠가 네가
그 문을 통해 들어왔던 둥근 은빛 성문에 닿을 때까지 말이지.
거기서 너는 그 문을 다시 나가게 되지."

_한미희 옮김, 비룡소, 1999, 217~218쪽

박경리 소설《토지 5》

적막한 바람과 눅진눅진한 현기증과 오색의 환상과 환상, 장작불
타는 시꺼먼 밤의 오광대놀이가 한 마당 막을 올리고 지나간다. 숲이
나타나고 강물이 나타나고 황톳길이 나타나고 섬진강을 따라 굽이쳐
뻗은 삼십 리, 하동으로 가는 길이 나타난다. 그 위로 세월이 발소리를
내며 지나간다. 마음 바닥을 쿵쿵 밟으며 지나가는 세월의 발소리,
끊이지 않는 기나긴 세월의 행렬, 지나가다가 어떤 것은 되돌아오곤
한다.

_다산책방, 2023, 114쪽

• **눅진눅진** 🔤 : 1. 물기가 있어 매우 눅눅하면서 끈끈한 모양.
　　　　　　　　 2. 성질이 부드러우면서도 끈기가 있는 모양.

황지우 시 〈너를 기다리는 동안〉

네가 오기로 한 그 자리에

내가 미리 가 너를 기다리는 동안

다가오는 모든 발자국은

내 가슴에 쿵쿵거린다

바스락거리는 나뭇잎 하나도 다 내게 온다

기다려본 적이 있는 사람은 안다

세상에서 기다리는 일처럼 가슴 애리는 일 있을까

네가 오기로 한 그 자리, 내가 미리 와 있는 이곳에서

문을 열고 들어오는 모든 사람이

너였다가

너였다가, 너일 것이었다가

다시 문이 닫힌다

사랑하는 이여

오지 않는 너를 기다리며

- **애리다** 형 : 아리다의 방언.
- **아리다** 형 : 1. 혀끝을 찌를 듯이 알알한 느낌이 있다.
             2. 상처나 살갗 따위가 찌르는 듯이 아프다.
             3. 마음이 몹시 고통스럽다

마침내 나는 너에게 간다

아주 먼 데서 나는 너에게 가고

아주 오랜 세월을 다하여 너는 지금 오고 있다

아주 먼 데서 지금도 천천히 오고 있는 너를

너를 기다리는 동안 나도 가고 있다

남들이 열고 들어오는 문을 통해

내 가슴에 쿵쿵거리는 모든 발자국 따라

너를 기다리는 동안 나는 너에게 가고 있다.

_《게눈 속의 연꽃》, 문학과지성사, 1994

● 이 시에서 '쿵쿵'이라는 의성어가 없었다면 기다림의 설렘과 긴
장을 이토록 고조시킬 수 있었을까요. '발소리'라 하지 않고 '발
자국'에 쿵쿵이라는 의성어를 부여한 것이 바닥에 찍힌 발자국
을 따라 소리가 잇따라 울리는 것 같은 공감각을 입혀줍니다.
앞서 세 편의 글에서 '쿵쿵'은 죽은 가슴이라면 결코 낼 수 없는
소리입니다. 그리고 여기, '쿵'이 있습니다. '쿵쿵'에서 '쿵' 한 글
자만 쓸 뿐인데 완연히 다른 감정을 나타냅니다. 어떻게 달라지
는지 다음 장에 마련한 프랑수아즈 사강의 글에서 느껴보세요.

프랑수아즈 사강 소설《패배의 신호》

물론 그 희망, 그녀는 그것을 시인하지 않았고, 몸이 반으로 갈라진
체념한 짐승처럼 살았다. 하지만 가끔씩, 뜻하지 않았던 잠시
잠깐에, 절망적으로 사지를 부들거리기를 멈추었을 때, 태양의
열기와 바닷물의 차가움과 모래의 부드러움을 느끼기를 잊었을 때,
앙투안과의 추억이 그녀에게 돌처럼 쿵, 하고 떨어져 내렸고, 그녀는
십자가에 못 박힌 듯 해변에 누워 양팔을 십자 모양으로 벌린 채,
하지만 손바닥에 못 박히는 대신 심장에 날카로운 기억의 투창이
꽂혀서 행복과 절망이 뒤섞인 감정으로 그것을 받아들였다. 그녀는
충격으로 심장이 뒤집히고, 텅 비어버릴 수 있다는 것에 놀랐다.

_장소미 옮김, 녹색광선, 2022, 151~152쪽

- **쿵** 𝐏 : 1. 크고 무거운 물건이 바닥이나 물체 위에 떨어지거나 부딪쳐 나는 소리.
  2. 멀리서 포탄 따위가 터지는 소리.
  3. 큰북이나 장구 따위가 울리는 매우 깊은 소리.
- **텅** 𝐏 : 1. 큰 것이 속이 비어 아무것도 없는 모양.
  ÷ 공허 𝐌 : 1. 아무것도 없이 텅 빔.
  2. 실속이 없이 헛됨.

나의 글쓰기 ✏️

쿵쿵! 쿵!

가슴에 '쿵!' 하고 떨어졌던 것을

떠올려보세요.

_____

_____

_____

_____

_____

_____

_____

_____

_____

_____

_____

_____

_____

가슴을 쿵쿵 울렸던 것을

떠올려보세요.

_____

_____

_____

_____

_____

_____

_____

_____

_____

_____

_____

김유정 소설《봄봄》

밭 가생이로 돌 적마다 야릇한 꽃내가 물컥물컥 코를 찌르고 머리 위에서 벌들은 가끔 붕, 붕 소리를 친다. 바위틈에서 샘물 소리밖에 안 들리는 산골짜기니까 맑은 하늘의 봄볕은 이불 속같이 따스하고 꼭 꿈꾸는 것 같다. 나는 몸이 나른하고 몸살(을 아직 모르지만 병)이 나려고 그러는지 가슴이 울렁울렁하고 이랬다.

• **물컥물컥** 閏 : 코를 찌를 듯이 매우 심한 냄새가 자꾸 나는 듯한 모양.
• **울렁울렁** 閏 : 1. 너무 놀라거나 두려워서 가슴이 자꾸 두근거리는 모양.
        2. 속이 메슥메슥하여 자꾸 토할 것 같은 모양.
        3. 물결이 잇따라 흔들리는 모양.
        4. 얇은 판 따위가 휘청휘청 움직이는 모양.

신형건 시 〈봄날〉

엄마, 깨진 무릎에 생긴
피딱지 좀 보세요.
까맣고 단단한 것이 꼭
잘 여문 꽃씨 같아요.
한번 만져 보세요.
그 속에서 뭐가 꿈틀거리는지
자꾸 근질근질해요.
새 움이 트려나봐요.

_《모두모두 꽃이야》, 푸른책들, 2015

- **근질근질** 문 : 자꾸 근지러운 느낌이 드는 상태.
- **근지럽다** 형 : 1. 무엇이 살에 닿아 가볍게 스칠 때처럼 가려운 느낌이 있다.
        2. 어떤 일을 몹시 하고 싶어 참고 견디기 어렵다.

권대웅 산문 〈두근거림〉

살아 있는 모든 것은 두근거린다. 씨앗은 땅속에서 두근거리고 꽃들은
햇빛을 만나 두근거리고 물방울은 구름을 만나 두근거리고 나무는
바람을 만나 두근거리고 나는 당신을 만나 두근거린다. 두근거림
속에는 호기심과 두려움이 있다. 그러면서 두근거리는 것들은
성장한다.

_《당신이 사는 달》, 김영사on, 2014, 14쪽

• **두근거리다** 동 : 1. 몹시 놀라거나 불안하여 가슴이 자꾸 뛰다.
　　　　　　 유의어) 두근두근하다. 두근대다. 뛰다. 설레다. 울렁거리다.

나의 글쓰기 ✏️

당신의 고동 소리

우리가 사는 동안 가장 많이 듣는 소리는 다른 무엇도 아닌 내 심장이 뛰는 소리, 고동 소리입니다. 살아 있음이 내는 소리지요. 오른쪽 손바닥을 왼쪽의 심장에 대봅시다. 제가 책상이나 옷장이나 별반 다름없이 느껴질 때면 하는 동작이기도 합니다. 심장 박동 소리에 고요히 집중해봅니다.

마음의 귀로 듣는 소리, 콩콩, 쿵쿵, 콩닥콩닥, 두근두근⋯ 그러다 한 번은 '쿵!' 하고 지각변동을 일으켜 '텅!'으로 이어지기도 하고요. 그럴 때는 시인 헨리 롱펠로우가 보내는 격려를 기억합시다.

"그대 가슴에서 뛰는 고동 소리가 멈출 때까지는 그 무엇이든 늦지 않다."

지금 당신의 고동 소리가 들리는 그대로 여기에 글자로 써보세요. 무엇 때문에 나는 소리인지도요.

"살.아.있.다."

저는 이보다 더 숭고한 어휘를 알지 못합니다.

박목월 시 〈기계 장날〉

아우 보래이.
사람 한평생
이러쿵 살아도
저러쿵 살아도
시큰둥하구나.
누군
왜, 살아 사는 건가.
그렁저렁
그저 살믄
오늘 같이 기계杞溪장도 서고.
허연 산뿌리 타고 내려와
아우님도
만나잖는가베
안 그렁가 잉
이 사람아.

누군
왜 살아 사는 건가.
그저 살믄
오늘 같은 날
지게목발 받쳐놓고
어슬어슬한 산비알 바라보며
한 잔 술로
소회도 풀잖는가.
그게 다
기 막히는 기라
다 그게
유정한기라.

• **이러쿵저러쿵** 부 : 이러하다는 둥 저러하다는 둥 말을 늘어놓는 모양.
유의어) 이러니저러니. 어쩌고저쩌고.

- **그렁저렁** 부 : 1. 충분하지는 않지만 어느 정도로.
                  2. 그렇게 저렇게 하는 사이에 어느덧.
                  유의어) 그래저래. 그럭저럭. 어느덧.
- **시큰둥하다** 형 : 1. 말이나 행동이 주제넘고 건방지다.
                     2. 달갑지 아니하거나 못마땅하여 시들하다.
                     유의어) 시들하다. 못마땅하다. 불만스럽다.

문순태 시 〈멸치〉

누가 너를 작고 못생겼다고 할까

너의 짧은 생은 참으로 치열했고

마지막 은빛 파닥거림은 장엄했다

너는 떼 지어 다닐 때가 빛났고

혼자 있을 때는 늘 빳빳한 주검이었다

그 여리고 애처로운 몸으로

넓은 바다를 눈부시게 누볐던

너는 아직 내 안에서 희망이 되어

슬프도록 파닥거리고 있다

_《생오지 생각》, 고요아침, 2018

- **빳빳하다** 형 : 1. 물체고 굳고 꼿꼿하다.
                    2. 풀기가 세거나 팽팽하다.
                    3. 태도나 성격이 억세다.
                    유의어) 꼿꼿하다. 꿋꿋하다. 뻣뻣하다. 억세다.
- **파닥거리다** 동 : 1. 작은 새가 잇따라 가볍고 빠르게 날개를 치다.
                      2. 작은 물고기가 잇따라 가볍고 빠르게 꼬리를 치다.
                      3. 작은 깃발이나 빨래 따위가 잇따라 바람에 거칠게 날리다.
                      유의어) 파닥대다. 파닥파닥하다. 파딱거리다.

김승희 시 〈새벽밥〉

새벽에 너무 어두워

밥솥을 열어 봅니다

하얀 별들이 밥이 되어

으스러져라 껴안고 있습니다

별이 쌀이 될 때까지

쌀이 밥이 될 때까지 살아야 합니다.

그런 사랑 무르익고 있습니다

_《냄비는 둥둥》, 창비, 2006

- **으스러지다** 통 : 1. 덩어리가 깨어져 조각조각 부스러지다.
  2. 살갗이 무엇에 부딪혀서 몹시 벗어지다.
  유의어) 아스러지다. 깨지다.
- **무르익다** 통 : 1. 과일이나 곡식 따위가 충분히 익다.
  2. 시기나 일이 충분히 성숙되다.
  유의어) 익다. 완숙하다. 성숙하다. 무르녹다. 농익다.

크리스티앙 보뱅 소설《가벼운 마음》

가벼움은 어디에나 있다. 여름비의 도도한 서늘함에, 침대맡에 팽개쳐둔
펼쳐진 책의 날개들에, 일할 때 들려오는 수도원 종소리에, 활기찬
아이들의 떠들썩한 소음에, 풀잎을 씹듯 수천 번 중얼거린 이름에,
쥐라산맥의 구불구불한 도로에서 모퉁이를 돌아가는 빛의 요정 안에,
슈베르트의 소나타에서 언뜻언뜻 보이는 가난 속에, 저녁마다 덧창을
느릿느릿 닫는 의식에, 청색, 연청색, 청자색을 입히는 섬세한 붓질에,
갓난아기의 눈꺼풀 위에, 기다리던 편지를 읽기 전에 잠시 뜸을 들이다
열어 보는 몽글몽글한 마음에, 땅바닥에서 '팡'하고 터지는 밤껍질
소리에, 꽁꽁 언 호수에서 미끄러지는 개의 서투른 걸음에. 이 정도로
해두겠다.
당신도 볼 수 있듯, 가벼움은 어디에나 있다. 그럼에도 불구하고
가벼움이 믿을 수 없을 만큼 드물고 희박해서 찾기 힘들다면,
그 까닭은 어디에나 있는 것을 단순하게 받아들이는 기술이 우리에게
부족하기 때문이다.

_김도연 옮김, 1984Books, 2022, 68~69쪽

- **몽글몽글** 뿐 : 덩이진 물건이 말랑말랑하고 몹시 매끄러운 느낌.
  유의어) 뭉클뭉클. 몽글몽글. 몽클몽클.
- **꽁꽁** 뿐 : 1. 물체가 매우 단단히 언 모양.
  2. 힘주어 단단하게 죄어 묶거나 꾸리는 모양.

- **펑** 뷔 : 1. 풍선이나 폭탄 따위가 갑자기 요란스럽게 터지는 소리.
              2. 큰 구멍이 뚫리는 소리.
              3. 물건이 갑자기 크게 튀는 소리. 또는 그 모양.
- **구불구불** 뷔 : 이리로 저리로 구부러지는 모양.
- **언뜻언뜻** 뷔 : 1. 지나는 결에 잇따라 잠깐씩 나타나는 모양.
                  2. 생각이나 기억 따위가 잇따라 문득문득 떠오르는 모양.
                  유의어) 힐끗힐끗. 얼핏얼핏.
- **느릿느릿** 뷔 : 1. 동작이 재지 못하고 매우 느린 모양.
                  2. 짜임새나 꼬임새가 매우 느슨하거나 성긴 모양.
                  유의어) 느슨히. 서서히. 천천히.

권여선 소설 〈삼인행〉

창밖으로는 사붓사붓 눈이 내리고 방문 틈으로는 아롱아롱 주란의
목소리가 들려왔다. 미적거리던 규가, 젊은 놈 이름은 송용희구만,
하더니 씻으러 욕실로 들어갔다.

_《안녕, 주정뱅이》, 창비, 2016, 70쪽

• **사붓사붓** 튀 : 소리가 거의 나지 아니할 정도로 발걸음을 가볍게 자꾸 옮기는 소리. 또는 그 모양.
  유의어) 서붓서붓, 사풋사풋, 사뿟사뿟, 사뿐, 살며시, 살포시.
• **아롱아롱** 튀 : 또렷하지 아니하고 흐리게 아른거리는 모양.
  유의어) 어룽어룽.
• **미적거리다** 동 : 1. 무거운 것을 조금씩 앞으로 밀다.
  2. 해야 할 일이나 날짜 따위를 자꾸 미루어 시간을 끌다.
  3. 꾸물대거나 망설이다.
  유의어) 꼬물거리다, 꾸물거리다, 미루다.

산도르 마라이 소설《결혼의 변화⒮》

인간은 오로지 진실이나 특정한 목적을 위해서만은 살 수 없기 때문이야. 보잘것없는 잡동사니에 지나지 않을지라도 좀 넘치는 것, 시선을 끄는 것, 반짝이는 것도 필요한 법이야. 대부분의 사람들은 아름다운 것, 현혹시키는 것 없이는 살 수 없어.

_김인순 옮김, 솔, 2005, 162쪽

• **반짝** 튀 : 1. 작은 빛이 잠깐 나타났다가 사라지는 모양.
   2. 정신이 갑자기 맑아지는 모양.
   3. 어떤 생각이 갑자기 머리에 떠오르는 모양.
   4. 물건이나 사람, 일 따위가 빨리 없어지거나 끝나는 모양.
   5. 마음이 끌려 귀가 갑자기 뜨이는 모양.
   6. 무엇이 순간적으로 분명하게 보이는 모양.
   7. 잠을 자지 않고 밤을 지내는 모양.
   파생어) 반짝거리다. 반짝대다. 반짝이다. 반짝하다.

유선경 산문 〈통각 편 감정어휘〉

편하고 괜찮은 상태를 한동안 유지하다 보면 아리고 저리고 쓰리고
후비고 찢기고 뻐근하고 미어졌던 마음이 시나브로 아무는 것을
느낀다. 눈으로 볼 수 없어 회복의 정도를 가늠하기 힘들지만
스스로를 보호하기 위해 방호갑을 두른 것처럼 감정이 딱딱하다면
아직 회복되지 않은 것이다. 여기서 '딱딱하다'는 '맺힌다'와 같은
의미를 갖는다. 맺힌 것 없이 야들야들하고 보드랍다면 그래서
말랑말랑하다면 회복된 것이다. 우리의 마음에는 아무리 극한의
상황이라 해도 '씨알'은 결코 사라지는 법이 없는데 단지 발아되느냐
그러지 못하느냐의 차이일 뿐이다. 봄날에 비온 뒤 대지처럼
말랑말랑해지면 씨알이 발아를 준비한다. 씨알이 말랑말랑하면
썩는다. 씨알은 언제나 딱딱하다. 다른 말로 단단하다. 외형적으로
같은 '딱딱하다'라도 '맺힌다'와 '단단하다'로 연유가 다를 수 있다.
씨알은 싹을 틔우기 직전에 간지럼을 탄다. 싹을 틔우고 싶은 의지와
꽃을 피우고 싶은 설렘으로 간질간질하고 근질근질하다. 바야흐로
'때'가 된 것이다.

_《감정 어휘》, 앤의서재, 2022, 148~149쪽

나의 글쓰기 ✏️

어떤 어휘가
당신에게 들어오나요?

지금까지 필사한 문장을 구성하는 어휘들은 대부분 이미 알고 있지만 몸으로 써보지 않은 것들입니다. 머리로 알아도 자기의 감정이나 느낌, 생각 등을 담아 표현하지 않으면 아직 내 것이 아닙니다. 옆에 지금까지 필사한 문장에 들어 있던 일상어들을 모아두었습니다. 한 개씩 손가락으로 짚어가며 소리 내 불러보세요. 아마 당신의 이야기를 품고 있는 어휘가 한 개쯤은 나타날 거예요. 그 어휘를 소재로 뒤 페이지에 당신의 이야기를 글로 지어보세요. 아직 글짓기가 부담스럽다면 이런 방법도 있습니다. 보자마자 감정을 불끈 솟구치게 하는 어휘가 있다면 노트에 커다랗게 쓰세요. 그리고 찢어내세요. (부정적인 감정이라면) 방금 전에 쓴 글씨 위에 엉킨 머리칼처럼 낙서를 한 다음 잔뜩 구겨서 쓰레기통에 버리는 거예요. 또는 당신을 몽글몽글하게 만드는 어휘라면 알록달록 색을 입혀 오늘 밤, 베개 아래 넣어두어도 좋겠습니다. 딱 그런 꿈을 꿀 수 있을 거예요.

아리다

저리다

쓰리다

후비다

찢기다

뻐근하다

미어지다

딱딱하다

빳빳하다/뻣뻣하다

단단하다

꼿꼿하다

맺히다

으스러지다

펑

보드랍다/부드럽다

말랑말랑하다

몽글몽글/뭉클뭉클

간질간질/근질근질

두근두근

무르익다

꿈틀거리다

파닥거리다

부들거리다

바스락거리다

사붓사붓

아롱아롱

울렁울렁

물컥물컥

녹진녹진

구불구불

언뜻언뜻

느릿느릿

미적거리다

그렁저렁

이러쿵저러쿵

시큰둥하다/시들하다

쿵쿵

쿵

텅

쨍!

눈부시다

반짝

2. 말맛 체험하기: 언어적 직관을 터득하기

어휘력이라고 하면 표준국어대사전에 등재된 대략 50만여 개의 표제어가 떠오르고 많이 알수록 수준이 높다고 여길지 모르겠습니다. 단지 그뿐이라면 어휘력이 아니라 낱말력이라든가, 단어력이라고 명명했겠지요.

어휘력은 낱말뿐 아니라 서로 다른 낱말이 어우러졌을 때 제3의 의미로 변화하는 것을 이해하는 능력이기도 합니다. 대표적으로 '눈에 밟히다', '가슴에 못을 박다', '피를 말리다', '어깨가 무겁다', '발 뻗고 잔다', '배꼽 잡는다', '간이 배 밖으로 나왔다' 등의 관용어를 들 수 있지요. 관용어는 각각의 낱말을 아는 것만으로 뜻을 유추할 수 없습니다. 외국인들이 한국어를 익힐 때 가장 어려움을 호소하는 대목이기도 하고요. 한국뿐 아니라 모국어 사용자들의 대화는 상당 부분 관용어로 이루어집니다.

여기서 의문을 가져볼까요. 그립다고 하면 될 걸 왜 눈에 밟힌다고 할까요. 마음에 큰 상처를 주거나 받았다고 하면 될 걸 왜 가슴에 못을, 그것도 잔인하게 대못을 박는다고 할까요. '피를 말리다', '어깨가 무겁다', '발 뻗고 잔다', '배꼽 잡는다', '간이 배 밖으로 나왔다' 등도 마찬가지입니다. 긴장했다, 책임감이나 부담감을 느낀다, 걱정거리가 해소됐다, 재밌다, 용감하다 등으로 핵심만 간략히 전달해도 되는데 구태여 관용어를 씁니다.

'호모 루덴스(Homo Ludens, 유희의 인간)', 사람은 잘 먹고 잘 자는 것만으로 만족하지 못하는 존재입니다. 말을 하거나 글을 쓸 때 역시 뜻만 전달해서는 만족스러운 소통이 이루어지기 힘듭니다. 왜냐하면 사람은 본능적으로 '의미'를 추구하기 때문이지요. 무엇을 하든 무의식적으로 의미의 유무를 가늠하며 선택이나 결정의 기준으로 삼습니다. 통상 의미를 뜻이나 가치 등으로 풀이하는데 저는 달리 해석하려고 합니다.

'의미'라는 한자어를 곰곰이 살펴볼까요. 뜻 '의意', 맛 '미味'. 그렇습니다. 의미는 뜻과 맛입니다. 여기서 뜻은 '어떠한 일이나 행동이 지니는 가치나 중요성', 맛은 '어떤 사물이나 현상에 대하여 느끼는 기분'이라는 풀이를 가집니다. 무엇을 온전히 파악하고 싶다면 그물망을 넓게 펼쳐야 합니다.

지금 '의미'라는 어휘를 두고 그렇게 해보려 합니다. 앞서 의미가 뜻과 맛이라는 한자어의 조합이라고 짚었고요. 각각 뜻과 맛의 사전적 풀이를 살폈습니다. 여기서 그물을 거두지 말고 한 번 더 넓게 펼쳐봅시다. 뜻을 풀이하는 문장에 들어 있는 '가치'와 맛을 풀이하는 문장에 들어 있는 '기분'의 사전적 풀이를 찾아봅니다.

[가치]

1. 사물이 지니고 있는 쓸모.

2. (철학) 대상이 인간과의 관계에 의하여 지니게 되는 중요성.

3. (철학) 인간의 욕구나 관심의 대상 또는 목표가 되는 진, 선, 미 따위를
   통틀어 이르는 말.

[기분]

1. 대상·환경 따위에 따라 마음에 절로 생기며 한동안 지속되는 유쾌함
   따위의 감정.

2. 주위를 둘러싸고 있는 상황이나 분위기.

어휘의 사전적 풀이를 통해 제가 '모든 사람은 본능적으로 의미를 추구
한다'라고 쓴 문장이 어떤 맥락에서 나왔는지 대략 짐작하셨을 것입니다.
지금까지 우리는 '의미'라는 어휘에서 '의(뜻, 쓸모와 가치, 중요성)'를 중요
하게 여겼습니다. 이제 '미'를 주목해야 합니다. 구체적으로 감정, 상황, 분
위기, 멋 등입니다. '미'자로 끝나는 어휘로는 '재미', '흥미', '취미' 등이
있지요. '맛'과 관련한 관용구도 꽤 많습니다. '맛(을) 들이다'는 좋아하거
나 즐긴다, '맛(을) 붙이다'는 마음이 당겨 재미를 붙이다, '맛(이) 가다'는
정상이 아니다, 라는 뜻을 갖습니다.

사람은 아무리 '의(뜻, 쓸모, 가치, 중요성)'가 옳아도 '미(감정, 상황, 분위
기, 멋)'에 끌리지 않으면 흔쾌히 선택하지 않습니다. 심지어 내 맛에 맞지

않을 경우 거부감이나 저항감을 느끼기까지 하지요. 특히 말에 있어서 뜻만큼이나, 아니 뜻보다 중요한 요소가 맛(감정, 상황, 분위기, 멋 등)입니다. 모국어 사용자는 뜻보다 맛에 민감하게 반응합니다.

가장 통하는 맛은 역시 '아는 맛'입니다. 아는 맛이어야 상상할 수 있고 상상할 수 있어야 반응하거나 응답할 수 있으니까요. 관용구의 의도는 아는 맛을 통해 상상하게 만들어 뜻에 닿게 하는 데 있습니다. 이에 더해 내용의 수위까지 전달합니다. 단순히 '긴장했다'거나 '잔뜩 긴장했다'는 말로는 담기 힘든 극도의 스트레스를 '피를 말리다'라는 관용어는 담아냅니다. 수신자가 직관적으로 반응하도록 만들지요. 이것이 말맛의 힘이자 어휘의 힘입니다.

세상의 모든 어휘는 나와 관계되어 있습니다. 관계하지 못하는 어휘는 사어가 됩니다. 이러한 관계성을 '감각, 경험, 연상, 판단, 추리 따위의 사유 작용을 거치지 아니하고 직접적으로 파악'하는 것이 언어적 직관입니다. 문해력 부족의 가장 큰 원인은 언어적 직관이 떨어지는 것과 연관이 깊습니다.

"언어적 직관이 부족한 사람에게 시적 상상력, 은유, 함축, 의인화 운운해봐야 난해한 소리로밖에 들리지 않는다."

제가《어른의 어휘력》에 썼던 구절입니다. 언어적 직관이라는 말이 어렵다면 '말맛'이라고 이해해도 괜찮습니다. 안타깝게도 '맛'은 가르칠 수 없습니다. 우리가 김치 맛이나 피자 맛을 글로 배워서 알았나요? 먹어보고 알았습니다. 한 번도 먹은 적 없는 음식의 맛을 상상할 수 있나요? 불가능합니다. 말맛도 마찬가지입니다.

어휘의 사전적 풀이를 통해 뜻을 습득한다 해도 맛은 끝내 알 수 없습니다. 어쩔 수 없이 몸의 체험이 필요합니다. 세상의 모든 어휘가 자신과 관계를 맺고 존재하는 경험이 많아질수록 말맛이 풍부해집니다. 언어적 직관을 지니고 글을 읽을 때 감상이 어떻게 달라질 수 있는지 사노 요코가 쓴 수필에서 발견한 대목이 있어 옮겨봅니다.

'오래된 연못, 개구리 뛰어드는 물소리.' 그저 첨벙 하는 소리만 들릴 뿐이다. 일본인이라면 '그래서 어쩌라고?'라는 생각은 하지 않는다. 고요하고 깊은 숲의 냉기를, 물소리가 정적에 녹아들기까지의 시간을 차분히 느낀다. 아아, 살아 있다, 살아 있기에 첨벙하는 소리에서 영원을 느낀다. 어둠 속에서 장어가 첨벙하고 튀어 오르는, 이 세상의 것인지 저 세상의 것인지 모를 한순간으로 인해 살아 있다는 사실의 불가해함을 실감한다.
 - 사노 요코, 《문제가 있습니다》

말을 듣거나 글을 읽을 때 '그래서 어쩌라고?'라는 생각이 들지 않고 고스란히 몸에 스며들어 느낄 수 있다면 언어적 직관이 통하는 것입니다. 가르칠 수도, 배울 수도 없으니 스스로 체험해야 합니다. 글이 자기와 세상 사이에 문이 되어 열리는 느낌말입니다.

언어적 직관을 담은 문장은 단지 몇 줄일 뿐이지만 이야기 한 보따리를 담은 것 같은 여운, 굳이 그 보따리를 풀지 않아도 어렴풋이 알 것처럼 나와 공명합니다. 혹시 알아차리셨을지 모르겠습니다. 앞서 '의성어와 의태어를 활용해서 글쓰기'에서 필사한 문장들 역시 언어적 직관과 관련이 있었습니다.

난이도를 한 단계 올려보겠습니다. 몸의 체험이 있다면 더 직관적으로 느낄 수 있을 것입니다. 느끼지 못한다고 해도 괜찮습니다. '아직은…' 일 뿐이니까요. '아직은…' 이라는 말은 언제나 희망을 향해 열려 있습니다. 이제 그 문을 열어 볼까요? 저는 다음의 세 단계를 추천합니다.

- 첫 번째, 문장을 눈으로 읽으세요.
- 두 번째, 눈으로 읽었던 문장을 입으로 소리 내 다시 읽으세요.
- 세 번째, 이제 옮겨 씁니다. 쓰고 있는 글자를 동시에 나지막이 소리 내면서 필사하면 더 좋습니다.

의외로 놓치기 쉽지만 어감을 익히는 데 말소리만큼 좋은 것이 없답니다. 입으로 읽을 때 흐름이 자연스럽고, 귀로 들을 때 미끄덩거리지 않고 튕겨냄이 없는 어휘들을 반복적으로 경험하면 운율감을 익힐 수 있고, 운율감이 좋은 글은 대부분 어감이 좋습니다. 심지어 뜻을 몰라도 어감이 좋다고 느끼는 경우도 생깁니다(이럴 때 뜻을 찾으면 잊기 힘든 어휘를 습득하게 되지요).

저는 글을 쓸 때도 중얼거리면서 쓸 때가 많습니다. 그래서 어떤 날은 목구멍이 아프기도 합니다. 어감이 몸에 배이게 하세요. 생각은 다음에 하세요. 책 읽기와 필사에 필요한 마음가짐은 자기 생각(에고)을 버리는 것입니다. 알고 보면 진짜 내 것도 아니고 세상에서 주워 온 잣대인 그것으로 평가하려 하지 마세요. 그래야 문장의 빗장을 열어젖혀 문장 안으로 들어가 주인공이 될 수 있으며 몰라서 생각지도 못했던 선물을 받을 수 있습니다. ✎

윤동주 시〈소년〉

여기저기서 단풍잎 같은 슬픈 가을이 뚝뚝 떨어진다. 단풍잎 떨어져 나온 자리마다 봄을 마련해 놓고 나무가지 우에 하늘이 펼쳐 있다. 가만히 하늘을 들여다 보려면 눈섭에 파란 물감이 든다. 두 손으로 따뜻한 볼을 쏫어보면 손바닥에도 파란 물감이 묻어난다. 다시 손바닥을 들여다본다. 손금에는 맑은 강물이 흐르고, 맑은 강물이 흐르고, 강물 속에는 사랑처럼 슬픈 얼골–아름다운 順伊의 얼골이 어린다. 小年은 황홀히 눈을 감어 본다. 그래도 맑은 강물은 흘러 사랑처럼 슬픈 얼골– 아름다운 順伊의 얼골은 어린다.

페데리코 가르시아 로르카 시 〈진심이다〉

진실한 사랑으로 너를 사랑한다는 것이
아, 이토록 힘이 들까!

너를 향한 사랑 때문에 바람이 아프다,
가슴이 아프다,
모자가 아프다.

누가 나에게 내 허리의
이 허리띠를 사 갈까?
누가 이 하얀 실오라기
슬픔을 사서, 하얀 손수건을 만들까?

진실한 사랑으로 너를 사랑하는 것이
아, 이토록 힘이 들까!

_《로르카 시 선집》, 민용태 옮김, 을유문화사, 2008

다니엘 글라타우어 소설 《새벽 세시, 바람이 부나요?》

당신 생각을 많이 해요. 아침에도, 낮에도, 저녁에도, 밤에도, 그리고
그 사이의 시간과 그 바로 앞, 바로 뒤 시간에도.

_김라합 옮김, 문학동네, 2008, 145쪽

윌리엄 셰익스피어 희곡《로미오와 줄리엣》

이름이란 뭐지? 장미라 부르는 꽃을 다른 이름으로 불러도 아름다운
그 향기는 변함이 없는 것을…….

가와바타 야스나리 소설 《설국》

국경의 긴 터널을 빠져 나오자 설국이었다. 밤의 끝자락은 하얘졌다.
신호소에 기차가 멈춰 섰다.

---

* **하얘지다** 통 : 하얗게 되다.

한강 소설 《희랍어 시간》

가끔 이상하게 느껴지지 않나요.

우리 몸에 눈꺼풀과 입술이 있다는 건.

그것들이 때로 밖에서 닫히거나,
안에서부터 단단히 걸어잠길 수 있다는 건.

_문학동네, 2011, 161쪽

정지용 시 〈별똥〉

(원전)
별똥 떠러진 곳,
마음해 두었다.
다음날 가 보려,
벼르다 벼르다
인젠 다 자랐오

(현대 맞춤법으로 옮김)
별똥 떨어진 곳,
마음에 두었다.
다음 날 가보려,
벼르다 벼르다
이젠 다 자랐소.

추사 김정희 시 〈봄빛 짙어 이슬 많고〉

봄빛 짙어 이슬 많고, 땅 풀려 풀 돋는다.
산 깊고 해 긴데, 사람 자취 고요하니 향기만 쏜다.

막심 고리키 소설《어머니》

가슴에 불꽃이 희미하게 타오르면 그을음이 많이 쌓이는 법이에요.

동파 소식 시〈거문고의 시〉

거문고 소리가 거문고에 있다고 하면
어째서 갑 안에 두었을 때 울리지 않는가.
거문고 소리가 손끝에 있다고 하면
어째서 그대 손끝에서 들리지 않는가.

아쿠타가와 류노스케 소설 〈갓파〉

너무 우울해서 세상을 한번 거꾸로 쳐다봤어요.
그런데 거꾸로 봐도 마찬가지군요.

빅토르 위고 소설《레 미제라블》

아름다운 것은 쓸모 있는 것과 마찬가지로 유익하다네.
아니, 그 이상일지도 모르지.

유선경 산문
〈서로의 말을 이해하지 못한다는 사실을 받아들여라〉

내가 잘못 본 게 아니라 당신이 못 본 것에 대하여, 당신이 잘못 본 게
아니라 내가 못 본 것에 대하여.
우리가 그것들에 대해 함께 이야기 나눌 수 있을까. 사람은 자기 세계
밖에 있는 상대의 언어를 '당장' 이해하지 못한다. 우리는 생각할 수
없는 것은 생각할 수 없다.

_《어른의 어휘력》, 앤의서재, 2020, 89쪽

- **잘못** 뷔 : 1. 틀리거나 그릇되게.
            2. 적당하지 아니하게.
            3. 깊이 생각하지 아니하고 사리에 어긋나게 함부로.
- **못** 뷔 : (주로 동사 앞에 쓰여) 동사가 나타내는 동작을 할 수 없다거나 상태가 이루어지지 않았
        다는 부정의 뜻을 나타내는 말.

3. 승자독식의 어휘를 대체하기

승자독식勝者獨食, 이긴 사람이나 단체가 이익을 독차지한다는 뜻입니다. 실체가 없는 디지털 시대에는 이렇듯 승자가 모든 것을 차지하는 정도와 파급력이 강해질 것이라고 하는데 어휘력도 예외는 아닙니다. 디지털 시대와 어휘력 저하는 분명 연관이 있고 승자독식의 어휘가 기세를 부리기 마련이지요.

한편으로는 인플레이션의 영향도 있습니다. 어휘와 인플레이션이 무슨 상관이냐고요. 어휘의 세계에도 인플레이션이 있답니다. 대표적인 예로 '영감'과 '마누라'를 들 수 있습니다. 근래는 노년의 남성이나 아내를 허물없이 이르는 말로 통용되지만 조선시대에는 높은 신분을 가진 사람에게 붙는 존칭이었습니다. 구체적으로 영감令監은 정3품과 종2품의 당상관을, 마누라는 대비나 왕비를 가리켰다고 합니다. 늙은이, 젊은이, 어린이 등에 나타나는 '이'도 지금 식으로 말하면 늙은 분, 젊은 분, 어린 분이라는 존칭이었지만 이제는 아무도 의식하지 않지요. 저는 이런 현상을 어휘의 인플레이션이라고 부릅니다.

기존에 쓰던 존칭이나 높임말이 흔하게 쓰이면 보다 귀하고 높다는 의도를 전달하려는 새로운 어휘가 등장하기 마련입니다. 어휘의 인플레이션 현상은 호칭과 더불어 부사나 감탄사에서 심합니다. '너무'에서 '너무너무'로, 이마저 충분치 않은 거 같아 '개'라는 접두사를 붙이지요. (개는 참에 상대하여 이르는 뜻으로 이전부터 있던 접두사이나 최근의 쓰임은 이와 무관합니다) 참고로 '너무'의 어원은 '넘치다'로, '일정한 정도나 한계를 훨씬 넘어선 상태'라는 뜻을 갖습니다. 이미 '너무'가 그러한 뜻인데 '너무너무'로도 성에 차지 않아 '개'를 붙여야 제대로 감정을 전달한 것 같습니다. '개'가 무던해지면 또 다른 신조어가 등장할 것입니다. 한계를 모르는 가속 페달을 밟듯 말이지요.

신조어나 유행어가 잘못됐다고는 할 수 없습니다. 현재 사용하는 대부분의 어휘는 한때 신조어였고 유행어였습니다. 대다수가 자주 쓰는 어휘는 언젠가 표준어로 채택됩니다. 위기는 '승자독식', 힘 센 어휘 하나가 나머지 어휘를 아귀아귀 먹어 치우는 데 있습니다. '개', '대박', '헐'이 어떤 어휘들을 먹어 치우는지 살펴볼까요.

[개] ≒ 몹시. 굉장히. 대단히. 무척. 잔뜩. 한껏. 힘껏. 매우. 아주. 가장. 제일. 너무. 너무나. 완전히. 정말로. 되게. 된통. 지지리. 지긋지긋하게.

[대박] ≒ 놀랍다. 굉장하다. 뛰어나다. 엄청나다. 기막히다. 대단하다. 신기하다. 색다르다. 경이롭다. 쇼킹하다. 경악스럽다. 훌륭하다. 감동이다. 감격하다. 감명 깊다. 감개무량하다. 아름답다. 장관이다. 기대 이상이다. 예상치 못했다. 압도적이다. 압권이다.

[헐] ≒ 뜻밖이다. 의외다. 놀라다. 당황하다. 혼란스럽다. 느닷없다. 맥빠지다. 질겁하다. 기겁하다. 질리다. 황당하다. 엉뚱하다. 어이없다. 어처구니가 없다. 기가 차다. 특이하다. 별스럽다. 별나다. 괴상하다. 이상하다. 수상하다. 기이하다. 기묘하다. 묘하다.

'개'는 뒤에 오는 어휘를 긍정적으로 혹은 부정적으로 강조하는 의도라는 점에서 그나마 일관성이 있는데 '대박'이나 '헐'은 휘뚜루마뚜루 쓰인다는 사실을 알 수 있습니다. "뭔지 알지?" 같은 식으로요. 강렬한 어감이 무색하게 실상은 발화자의 느낌이나 감정 등을 밋밋하게 만들고 있습니다. 수십 겹으로 쌓아올려 바삭하게 구운 페이스트리를 손바닥으로 납작하게 눌러서 먹는 거나 다르지 않지요. 페이스트리의 부드럽고 바삭한 맛을 음미할 틈도 주지 않고 꿀꺽 삼켜버립니다.

승자독식의 어휘로 납작하게 누르는 표현이 반복되면 생각과 감정도 함께 납작하게 눌립니다. 왜 그렇지 않겠어요. 매일 먹는 음식이 몸을 만든다고 하는데 하물며 매일 하는 말은 어떻겠습니까. 이래서는 스트레스나 위기 상황에서 자신을 지키기 힘들고, 어떻게 해야 만족과 평온을 누릴 수 있을지 종잡을 수 없습니다. 앞서 '개', '대박', '힐' 등의 신조어를 예로 들었지만 우리가 사용하는 대표적인 승자독식의 어휘는 '좋다'와 '싫다'입니다.

[즐겁다. 재미있다. 유쾌하다. 신나다. 신명나다. 흥겹다. 흥미롭다. 흥미진진하다. 멋있다. 근사하다. 아름답다. 눈부시다. 황홀하다. 훌륭하다. 뛰어나다. 빼어나다. 특별하다. 출중하다. 찬란하다. 대단하다. 굉장하다. 감동하다. 감격하다. 감탄하다. 경탄하다. 감개무량하다. 감명 깊다. 행복하다. 뿌듯하다. 벅차다. 보람차다. 자랑스럽다. 평온하다. 평화롭다. 평안하다. 편안하다. 후련하다. 홀가분하다. 개운하다. 상쾌하다. 친근하다. 친숙하다. 친밀하다. 살갑다. 정답다. 다정하다. …]

이 세밀하고 다양한 감정의 스펙트럼을 단 두 글자 '좋다'로 쌈 싸먹듯 해치워버립니다.

[거슬린다. 불편하다. 불쾌하다. 거북하다. 곤란하다. 꺼림칙하다. 싫증나다. 지루하다. 시큰둥하다. 심드렁하다. 떨떠름하다. 달갑잖다. 못마땅하다. 지겹다. 지긋지긋하다. 넌더리가 나다. 성가시다. 골치 아프다. 부담스럽다. 긴장하다. 불안하다. 혼란스럽다. 초조하다. 원망하다. 억울하다. 샘나다. 질투하다. 같잖다. 꼴불견이다. 부끄럽다. 수치스럽다. 지치다. 힘들다. 역겹다. 혐오하다. …]

역시나 단 두 글자 '싫다'로 뭉뚱그려 표현하지요. '좋다', '싫다'는 표현을 쓰지 말아야 한다는 소리가 아닙니다. 좋다는 말만큼 좋은 게 없고 싫다는 말만큼 싫은 게 없습니다. 문제는 반사적으로 사용하는 동안 감정이나 생각을 구체적으로 표현하는 어휘가 화석화되는 데 있지요. 반복되면 자신의 생각이나 감정을 구체적으로 알아차리지 못해서 상황에 대처하지 못하게 되어버립니다. 또한 내가 나의 생각이나 감정을 섬세하고 구체적으로 알리지 못하는데 어떻게 남이 이해하고 알아줄 수 있을까요.

승자독식의 어휘를 최소화하고 그에 해당하는 감정이나 생각을 표현한 문장들을 모아봤습니다. 이번에는 지금까지와 다른 방식으로 필사하면 훨씬 효과적일 것 같습니다. 처음에는 작가가 쓴 문장 그대로 필사합니다. 다음에는 제가 밑줄 친 어휘 자리에 앞서 승자독식의 어휘 대신 쓸 수 있다고 제시한 다양한 어휘들 중 자신의 말맛에 맞는 어휘를 고릅니다. 그 어휘를 문장에 넣어 새로 고쳐 필사합니다. 더불어 부사와 형용사가 펼치는 갖가지 말맛의 향연도 느껴보세요. 🖊

승자독식의 어휘 대신
쓸 수 있는 다양한 어휘들

다음은 승자독식의 어휘 대신 쓸 수 있는 어휘들을 모아 정리한 것입니다. 가까이 두고 흔한 승자독식의 어휘 대신 자신의 말맛에 맞는 어휘를 골라 새로 고쳐 쓰면 좋겠습니다. 어떤 어휘가 내 말맛에 맞나 눈으로 보고 입으로 굴려보는 동안 가르칠 수는 없는 말맛을 스스로 익힐 수 있습니다.

[개] ≒ 몹시. 굉장히. 대단히. 무척. 잔뜩. 한껏. 힘껏. 매우. 아주. 가장. 제일. 너무. 너무나. 완전히. 정말로. 되게. 된통. 지지리. 지긋지긋하게.

[대박] ≒ 놀랍다. 굉장하다. 뛰어나다. 엄청나다. 기막히다. 대단하다. 신기하다. 색다르다. 경이롭다. 쇼킹하다. 경악스럽다. 훌륭하다. 감동이다. 감격하다. 감명 깊다. 감개무량하다. 아름답다. 장관이다. 기대 이상이다. 예상치 못했다. 압도적이다. 압권이다.

[헐] ≒ 뜻밖이다. 의외다. 놀라다. 당황하다. 혼란스럽다. 느닷없다. 맥 빠
지다. 질겁하다. 기겁하다. 질리다. 황당하다. 엉뚱하다. 어이없다.
어처구니가 없다. 기가 차다. 특이하다. 별스럽다. 별나다. 괴상하
다. 이상하다. 수상하다. 기이하다. 기묘하다. 묘하다.

[좋다] ≒ 즐겁다. 재미있다. 유쾌하다. 신나다. 신명나다. 흥겹다. 흥미롭
다. 흥미진진하다. 멋있다. 근사하다. 아름답다. 눈부시다. 황홀
하다. 훌륭하다. 뛰어나다. 빼어나다. 특별하다. 출중하다. 찬란
하다. 대단하다. 굉장하다. 감동하다. 감격하다. 감탄하다. 경탄
하다. 감개무량하다. 감명 깊다. 행복하다. 뿌듯하다. 벅차다. 보
람차다. 자랑스럽다. 평온하다. 평화롭다. 평안하다. 편안하다.
후련하다. 홀가분하다. 개운하다. 상쾌하다. 친근하다. 친숙하
다. 친밀하다. 살갑다. 정답다. 다정하다.

[싫다] ≒ 거슬린다. 불편하다. 불쾌하다. 거북하다. 곤란하다. 꺼림칙하
다. 싫증나다. 지루하다. 시큰둥하다. 심드렁하다. 떨떠름하다.
달갑잖다. 못마땅하다. 지겹다. 지긋지긋하다. 넌더리가 나다.
성가시다. 골치 아프다. 부담스럽다. 긴장하다. 불안하다. 혼란
스럽다. 초조하다. 원망하다. 억울하다. 샘나다. 질투하다. 같잖
다. 꼴불견이다. 부끄럽다. 수치스럽다. 지치다. 힘들다. 역겹다.
혐오하다.

오스카 와일드 소설 《도리언 그레이의 초상》

내게는 하얀 라일락 향기가 문득 코끝을 스치는 순간들이 있는데,
그럴 때면 난 또다시 내 인생의 가장 기막힌 한 달을 살아가게 된다네.

_서민아 옮김, 위즈덤하우스, 2018, 430쪽

박완서 소설 《그 많던 싱아는 누가 다 먹었을까》

발아래 생전 처음 보는 풍경이 펼쳐졌다. 말로만 듣던 송도였다.
나는 탄성을 질렀다. 은빛으로 빛나는 아름다운 도시였다. 길도 집도
왜 그렇게 새하얗게만 보이던지. 나중에 안 것이지만 송도고보,
호수돈고녀를 비롯한 신식의 큰 건물들은 모두 화강암으로 지었고,
토지도 사질砂質이어서 길이나 바위가 유난히 흰 게 개성 지방의
특징이었다. 사람이 저렇게도 살 수 있는 거로구나, 나는 벌린 입을 못
다물고 그 인공적인 정연함과 정결함에 오직 황홀한 눈길을 보냈다.

_웅진지식하우스, 2021, 48~49쪽

전혜린 산문 〈긴 방황〉

지금 나는 아주 작은 것으로 만족한다. 한 권의 책이 맘에 들 때(지금은 그것이 벤의 서간집이다) 또 내 맘에 드는 음악이 들려올 때, 또 마당에 핀 늦장미의 복잡하고도 엷은 색깔과 향기에 매혹될 때, 또 비가 조금씩 오는 거리를 혼자 걸었을 때 나는 완전히 행복하다. 맛있는 음식, 진한 커피, 향기로운 포도주. (중략) 햇빛이 금빛으로 사치스럽게 그러나 숭고하게 쏟아지는 길을 걷는다는 일, 살고 있다는 사실 그것만으로도 나는 행복하다.

_《그리고 아무 말도 하지 않았다》, 민서출판, 2002, 155~156쪽

아멜리 노통브 소설 《이토록 아름다운 세 살》

나는, 우리들 개개인마다 다른 특성이 딱 한 가지 있는데, 그게 '네가 뭘 혐오하는지 말해 봐, 그럼 네가 누군지 내가 말해주지.'로 요약된다는 생각을 할 때가 있다. 우리들의 개성은 정말로 별 볼일 없다, 우리들의 취향도 하나같이 평범하기 짝이 없다. 우리가 느끼는 혐오감만이 진정으로 우리를 말해 준다.

_전미연 옮김, 문학세계사, 2002, 166쪽

에밀 아자르 소설《자기 앞의 생》

그 구경에서 가장 마음에 드는 것은 그들 모두가 실제 인간이 아니라 기계들이라는 점이었다. 그래서 그들이 고통받지 않고 늙지도 않고 불행에 빠지지도 않으리라는 것을 이미 알고 있다는 것이었다. 우리네 인간세상과는 완전히 다른 세계였다. (중략) 이 서커스의 세계는 인간 현실과는 동떨어진 행복의 세계였다. 철사줄 위에 있는 광대는 절대 떨어질 리가 없었다. 열흘 동안 나는 그가 떨어지는 것을 한 번도 보지 못했고, 그가 떨어지더라도 하나도 아프지 않으리라는 것을 너무 잘 알고 있었다. 그것은 정말 별세계였다. 나는 너무 행복해서 죽고 싶을 지경이었다. 왜냐하면 행복이란 손 닿는 곳에 있을 때 바로 잡아야 하기 때문이다.

_용경식 옮김, 문학동네, 2023, 110~111쪽

장영희 산문 〈'특별한' 보통의 해〉

한 조각이 떨어져 나가서 삐뚤삐뚤 구르는 동그라미처럼 조금은
부족하게, 느리게, 가끔은 꽃 냄새도 맡고 노래도 불러가며 함께하는
삶이 더욱 의미 있고 행복할 수 있다는 메시지이다.

그런 의미에서 나는 새해가 더도 말고 덜도 말고, 별로 '특별'하지
않은 가장 보통의 해가 되었으면 좋겠다. 무슨 특별하게 좋은 일이
일어나거나, 대박이 터지거나, 대단한 기적이 일어나지 않아도 좋으니
그저 누구나 노력한 만큼의 정당한 대가를 받고, 상식에서 벗어나는
기괴한 일이 없고, 별로 특별할 것도, 잘난 것도 없는 보통 사람들이
서로 함께 조금씩 부족함을 채워주며 사는 세상―

_《문학의 숲을 거닐다》, 샘터, 2022, 149쪽

칼릴 지브란 시 〈결혼에 대하여〉

서로 가슴을 주라. 그러나 서로의 가슴속에 묶어 두지는 말라.
오직 큰 생명의 손길만이 그대들의 가슴을 간직할 수 있으니.
함께 서 있되 너무 가까이 서 있지는 말라.
사원의 기둥들도 서로 떨어져 있고,
참나무와 삼나무도 서로의 그늘 속에서는 자랄 수 없으니.

_《예언자》, 류시화 옮김, 무소의뿔, 2018

김애란 산문 〈부사副詞와 인사〉

나는 부사가 걸린다. 나는 부사가 불편하다. 아무래도 나는 부사를 좋아하는 것 같다. 나는 이 말을 아주 조그맣게 한다. 글 짓는 사람이 이런 말을 하려면 용기가 필요하다. 나는 부사를 '꽤' 좋아한다. 나는 부사를 '아주' 좋아한다. 나는 부사를 '매우' 좋아하며, 절대, 제일, 가장, 과연, 진짜, 왠지, 퍽, 무척 좋아한다. 등단한 뒤로 이렇게 한 문장 안에 많은 부사를 마음껏 써보기는 처음이다. 기분이 '참' 좋다. (중략) 그것은 설명보다 충동에 가깝고 힘이 세지만 섬세하지 못하다. 부사는 동사처럼 활기차지도 명사처럼 명료하지도 않다. 그것은 실천력은 하나도 없으면서 만날 큰소리만 치고 툭하면 집을 나가는 막내 삼촌과 닮았다. 부사는 과장한다. 부사는 무능하다. 부사는 명사나 동사처럼 제 이름에 받침이 없다. 그래서 가볍게 날아오르고, 허공에 큰 선을 그린 뒤 '그게 뭔지 알 수 없지만 바로 그거'라고 시치미를 뗀다. 부사 안에는 뭐든 쉽게 설명해버리는 안이함과 그렇게밖에 설명할 수 없는 안간힘이 들어 있다. '참', '퍽', '아주' 최선을 다하지만 답답하고 어쩔 수 없는 느낌. 말들이 말들을 바라보는 느낌. 부사는 마음을 닮은 품사다.

_《잊기 좋은 이름》, 열림원, 2019, 87~89쪽

미야시타 나츠 소설《양과 강철의 숲》

산에 늦은 봄이 찾아와 헐벗은 나무들이 일제히 움틀 때. 그 직전에 나뭇가지 끝이 아롱아롱 밝아 보일 때가 있다. 희미하게 붉은빛을 띠는 수많은 나뭇가지 탓에 산 전체가 빛을 내뿜는 것처럼 보이는 광경을 나는 매년 목격했다. 산이 불타는 것 같은 환상적인 불꽃에 압도되어 그 자리에 멈춰 서서 아무것도 하지 못했다. 아무것도 하지 못해서 오히려 기뻤다. 그저 발걸음을 멈추고 심호흡했다. 봄이 온다, 숲이 지금부터 어린잎으로 뒤덮인다, 분명한 예감에 가슴이 뛰었다. 지금도 그다지 다르지 않을 것이다. 아름다움을 앞에 두면 멈춰 설 수밖에 없다. 나무도 산도 계절도 그대로 붙잡아둘 수 없고 내가 그 안에 끼어들 수도 없다. 그래도 그런 것들을 아름답다고 부를 수 있음을 알았다. 그것만으로도 해방된 기분이었다. 아름답다는 단어로 치환한 덕분에 언제든 꺼내 볼 수 있게 되었다. 남에게 보여주거나 나눌 수도 있게 되었다. 아름다운 상자가 늘 몸 안에 있기에 나는 그저 뚜껑을 열면 된다.

_이소담 옮김, 위즈덤하우스, 2016, 26~27쪽

유선경 산문
〈관점을 이동시키면 생각의 그릇이 넓어진다〉

분노나 불안이 감정을 압도할 때 거대한 자연이나 위대한 예술을 찾아
그 안에 깃들이면 안정감을 찾을 수 있다. 아주 오래 산, 나무와 돌,
우주의 별을 바라보면 내 머리를 쓰다듬고 어깨를 토닥이는 숨결을
느낄 수 있다. 그 앞에 자신의 분노나 걱정거리 등을 내려놓으면
사소하게 만들어 날려버릴 수 있는 힘을 준다. 관점이 자신보다 더
크고 높은 것으로 이동함으로써 생각의 그릇이 넓어졌기 때문이다.

_《감정 어휘》, 앤의서재, 2022, 208쪽

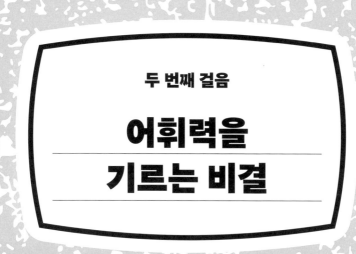

두 번째 걸음

어휘력을
기르는 비결

1. 관계의 시작, 관심

창의적인 발상을 하고 색다른 표현을 하면 작게는 일상이 윤택하고 대화를 즐겁게 나눌 수 있습니다. 크게는 타인에게 영감을 주고 세상을 놀라게 할 수 있지요. 그러려면 우선 그만한 여건부터 갖춰야 할 것 같습니다. 몇 번이고 다짐하고는 하지요. "여건만 되면…", "시작할 준비만 되면…".

안타깝게도 내가 하고 싶은 것을 할 수 있는 여건은 영원히 주어지지 않거나 너무 늦게 주어집니다. 언제까지 그때를 기다려야 할까요. 그보다는 미흡한 여건에서 엉성하지만 당장 시작하는 게 이득입니다. 얼마 지나지 않아 깨달을 것입니다. 그것이야말로 진정한 '준비'이자 '연습'이며 우리를 어제보다 조금이라도 낫게 한다는 사실을요. 이를 어휘력 향상에 적용해볼까요.

저를 포함해 모두의 일상은 보고, 듣고, 먹고, 만나고 하는 대상이나 사물이 거개 다람쥐 쳇바퀴 돌 듯합니다.(다람쥐에게는 미안한 표현입니다) 환경을 바꾸기란 어지간해서 요원합니다. 새로운 발상을 할 수 있는 방법은 아무래도 이 한 가지로 보입니다. 바로, 눈을 바꾸는 것입니다. 매일 새로운 렌즈를 갈아 끼우듯 새 눈을 가지려고 노력하는 거지요. 그렇게 세상의 대상과 사물을 바라볼 때 그들의 속삭임이 들립니다.

"우리를 너의 새 눈으로 표현해줘."

마냥 보던 것만 보지 말고, 보고 싶은 것만 보지 말고, 보던 식대로 보지 말고, 관심을 가지고 바라볼 때 우리는 세상의 모든 어휘가 나와 관계를 맺고 존재하는 경험을 할 수 있습니다. 이러한 몸의 체험이 쌓이면 내 안에서 그들끼리 서로 알아 연결되어 섞이고 굴러가며 창의적인 발상으로 발전합니다. 삶의 신비와 가치, 재미가 눈에 들어오기 시작합니다. 더 이상 삶이 무의미하지 않습니다.

전래동요인 '자장노래'에는 이런 노랫말이 등장합니다.

"자장자장 우리 아기/눈이 커서 잃어버린 것 잘 찾고/코가 커서 냄새 잘 맡고/귀가 커서 도둑 잘 지키고/입이 커서 상치쌈을 잘 먹고(…)"

그처럼 우리의 눈도, 코도, 귀도, 입도 날로달로 커졌으면 좋겠습니다.

흔히 죽음을 '눈을 감는다'고 표현하지요. 눈을 감는 것은 죽음입니다. 새 눈을 뜨는 것은 새로 태어나는 것입니다. 보던 것만 보고, 보고 싶은 것만 보고, 보던 식대로만 보는 관성에서 벗어나야 새 눈을 뜰 수 있습니다. 보던 것만 보고, 보고 싶은 것만 보고, 보던 식대로만 보는 것에 머무르는 상태는 일종의 중독입니다. 그만큼 빠져나오기 힘들지요.

중독의 징후를 알리는 세 가지 말이 있습니다.

"상관없어"; "관심 없어"; "이대로 살래."

사방에 보물이 쌓였는데 알아보지 못해 빌어먹고 사는 거나 매한가지입니다. 글의 진정한 힘은 안다고 여기는 것을 새로이 보게 하는 데 있습니다.

주변의 대상과 사물에 새 눈을 뜰 수 있도록 이끄는 문장들을 소개합니다. 그 첫 번째 대상은 '달빛'입니다. 달빛은 문학, 미술, 음악 할 것 없이 예술 작품에 가장 자주 등장하는 소재이기도 합니다. 같은 대상을 작가들은 어떻게 다른 눈으로 관찰하는지 따라가 봅시다. ✎

이효석 소설 〈메밀꽃 필 무렵〉

이즈러는졌으나 보름을 가제 지난 달은 부드러운 빛을 흐붓이 흘리고
있다. 대화까지는 칠십 리의 밤길 고개를 둘이나 넘고 개울을 하나
건너고 벌판과 산길을 걸어야 된다. 길은 지금 긴 산허리에 걸려
있다. 밤중을 지난 무렵인지 죽은 듯이 고요한 속에서 즘생 같은 달의
숨소리가 손에 잡힐 듯이 들리며 콩 포기와 옥수수 잎새가 한층 달에
푸르게 젖었다. 산허리는 왼통 메밀밭이어서 피기 시작한 꽃이 소금을
뿌린 듯이 흐뭇한 달빛에 숨이 막혀 하얬었다. 붉은 대궁이 향기같이
애잔하고 나귀들의 걸음도 시원하다. 길이 좁은 까닭에 세 사람은
나귀를 타고 외줄로 늘어섰다. 방울 소리가 시원스럽게 딸랑딸랑
메밀밭께로 흘러간다.

_《이효석 전집 2》, 이효석문학재단 편, 서울대학교출판문화원, 2016년, 197~198 쪽

- **호벅지다** 형 : 1. 탐스럽게 두툼하고 부드럽다.
                      2. 푸지거나 만족스럽다.
- **흐뭇하다** 형 : 마음에 흡족하여 매우 만족스럽다.

● 달빛을 '흐붓하다'와 '흐뭇하다'로 각기 다르게 거듭 표현했습
  니다. '흐붓하다'는 현대국어 사전에 없는 어휘로 국문학자들은
  '흐벅지다'에서 파생된 말로 추정하고 있습니다

다자이 오사무 산문 〈나태라는 트럼프〉

문득 잠을 깨보니 방은 캄캄했다. 고개를 들자 베갯머리에 하얀
사각봉투가 한 개 얌전히 놓여 있다. 왠지 철렁했다. 빛날 정도로
순백색의 봉투였다. 단정하게 놓여 있다. 손을 뻗어 주우려고 하자,
헛되이 방바닥을 긁었다. 아차, 했다. 달그림자였던 것이다. 그 마굴
같은 방 커튼 틈으로 달빛이 기어들어와 내 베개 밑에 정사각형
그림자를 만들었던 것이다. 꼼짝 않고 있었다. 나는 달한테 편지를
받았다. 말로 다 할 수 없는 공포였다. 가만히 있지 못해 벌떡 일어나
커튼을 열고 창을 열어젖혀 달을 보았다. 달은 낯선 타인의 얼굴을
하고 있었다. 뭔가 말을 걸려다가 나는 화들짝 놀라 숨을 죽였다.
달은 그래도 모른 척하고 있다. 냉혹하고 엄격하여, 처음부터 인간
따윈 문제 삼지도 않는다. 차원이 다르다. 나는 흉측하게 우뚝 서서
쓴웃음도 아니고 부끄러움도 아니고, 그런 간단한 것이 아니어서,
신음했다. 그대로 작은 여치가 되고 싶었다.

_《나의 소소한 일상》, 김춘미 옮김, 시공사, 2007, 43~44쪽

김애란 소설 〈벌레들〉

장판 위로 네모난 빛이 비스듬히 들어왔는데, 그 사각형 안에서
뭔가 희미하게 출렁이고 있는 걸 발견해서였다. 그건 방바닥에 비친
아지랑이 그림자였다. 내 발 아래서 신비롭게 출렁이는 봄기운. 나는
잠시 충만해져 '아, 보이지 않는 것에도 그림자가 있구나' 감탄했다.

_《비행운》, 문학과지성사, 2012, 54~55쪽

새 눈으로 관계를 맺게 해준 어휘들

앞서 세 편을 필사한 다음에는 달빛을 다르게 대하게 될 것입니다. '흐 붓한 달빛', '흐뭇한 달빛', '즘생(짐승) 같은 달의 숨소리', '순백색의 봉투', '편지를 받았다', '희미한 출렁임', '아지랑이 그림자' 등에 공감하고 싶어 서요. 어떤 사물이나 대상을 새 눈으로 바라보고 어휘를 부여하면 '몸의 경 험'이 되어 영원히 새겨집니다. 저에게 그러한 경험을 선물해준 문장들을 소개하고 싶습니다.

김남극의 시를 알고 은행나무 꽃을 찾아 살피는 것이 봄의 의례가 되었 고, 이태준의 산문을 읽고는 비록 상상에서나마 과꽃과 국화와 맨드라미 잎으로 미닫이 문 꾸미기를 하는 것이 가을의 의례가 되었습니다. 정지용 의 산문을 읽은 뒤에는 저마다 다르게 지저귀는 새소리에 귀를 커다랗게 키우고는 하며 이문재의 시가 식재료에 불과했던 파를 저의 화두로 던졌던 경험은 여태 강렬합니다.

최윤의 문장에 감동해서 세상을 세속의 단위가 아니라 땀방울로 재는 잣대를 지니려 마음을 다듬고, 군중에 섞여 먼지처럼 떠돌 때면 파트릭 모디아노가 표현한 '해변의 사나이'를 떠올리며 겸허함을 잃지 않으려고 합니다. 동시에 나는 인어공주가 그토록 간절히 원했던 '죽지 않는 영혼'을 가진 존엄한 존재라는 진실을 잊지 않으려 하지요.

아파트의 수많은 창을 올려다보며 그 너머의 삶에 축복과 연민을 보내는 것은 샤를 보들레르의 시 〈창문들〉 덕분이고, 백석과 윤동주가 아꼈던 프랑시스 잠의 시는 사물과 맺는 관계에 순수한 온기와 상상력을 더하도록 해주었습니다. 또한 박완서의 나목에 대한 묵상은 제 인생의 이정표가 되었지요.

이들의 문장이 정신적 죽음에서 건져 올려 새 눈을 뜨게 해주었습니다. 삶을 시들게 하는 무의미와 무관심을 떨치게 해주었습니다. 관심은 관찰로, 글쓰기로 이어졌습니다. 쉽게 접할 수 있는 사물과 대상들이라 나만의 표현으로 변주하는 것이 어렵지 않았거든요. 🖊

김남극 시 〈은행나무꽃〉

밭가 은행나무 아래
새벽에 나가보니
눈물 같은 꽃 떨어져 있다

은행나무꽃 본 이 없다
밤에 꽃 피었다가
밤에 꽃 진다

누가 오지의 슬픔을 알랴
자정 넘어 혼자 울다
혼자 잠드니

_《하룻밤 돌배나무 아래서 잤다》, 문학동네, 2008

이태준 산문 〈가을꽃〉

미닫이에 불벌레 와 부딪는 소리가 째릉째릉 울린다. 장마 치른
창호지가 요즘 며칠 새 팽팽히 켱겨진 것이다. 이제 틈나는 대로
미닫이 새로 바를 것이 즐겁다.

미닫이를 아이 때는 종이로만 바르지 않았다. 녹비(鹿皮. 사슴의 가죽)
끈 손잡이 옆에 과꽃과 국화와 맨드라미 잎을 뜯어다 꽃 모양으로
둘러놓고 될 수 있는 대로 투명한 백지로 바르던 생각이 난다. 달이나
썩 밝은 밤이면 밤에도 우련히 붉어지는 미닫이옛 꽃을 바라보면서
그것으로 긴 가을밤 꿈의 실마리를 삼는 수도 없지 않았다.

_〈무서록〉

• 켱겨진은 '켕겨진'의 옛말이거나 오자로 추정됨.
• **켕기다** 톰 : 1. 단단하고 팽팽하게 되다.
　　　　　　 2. 마음속으로 겁이 나고 탈이 날까 불안해하다.
　　　　　　 3. 마주 버티다.
　　　　　　 4. 맞당기어 팽팽하게 만들다.
• **우련히** 톰 : 1. 형태가 약간 나타나 보일 정도로 희미하게.
　　　　　　 2. 빛깔이 엷고 희미하게.

정지용 산문 〈꾀꼬리와 국화〉

꾀꼬리는 우는 제철이 있다.

이제 계절이 아주 바뀌고 보니 꾀꼬리는커니와 며느리새도 울지 않고

산비둘기만 극성스러워진다.

꽃도 잎도 이울고 지고 산국화도 마지막 슬어지니

솔소리가 억세어 간다.

꾀꼬리가 우는 철이 다시 오고 보면 장성 벗을 다시 부르겠거니와

아주 이우러진 이 계절을 무엇으로 기울 것인가.

- **극성스럽다** 형 : 성질이나 행동이 몹시 드세거나 지나치게 적극적인 데가 있다.
  유의어) 드세다. 억세다. 악착스럽다. 지독하다.
- **이울다** 동 : 1. 꽃이나 잎이 시들다.
  2. 점점 쇠약해지다.
  3. 해나 달의 빛이 약해지거나 스러지다.
  [스러지다 동 : 1. 형체나 현상 따위가 차차 희미해지면서 없어지다.
  2. 불기운이 약해져서 꺼지다.]
- **슬다** 동 : 식물이 습기로 물러서 썩거나 진딧물 같은 것이 붙어서 시들어 죽어가다.
- **깁다** 동 : 떨어지거나 해어진 곳에 다른 조각을 대거나 또는 그대로 꿰매다.

이문재 시 〈파꽃〉

파가 자라는 이유는
오직 속을 비우기 위해서다
파가 커갈수록
하얀 파꽃 둥글수록
파는 제 속을 잘 비워낸 것이다.

꼿꼿하게 홀로 선 파는
속이 없다

_《제국호텔》, 문학동네, 2004

최윤 소설 〈속삭임, 속삭임〉

한번쯤 새로 시작해 본다면 나는 먼저 세상을 재는 단위부터 바꿀
생각이다. 아무렴. 모든 거리나 높이는 땀방울로 재는 거다. 백두산,
한라산, 지리산, 이런 산들은 해발 일 미터 당 오백 사백 삼백 땀방울,
종로에서 서울역까지는 일 미터당 오십 땀방울 하는 식으로 말이다.
일도 땀방울로 재는 거다. 한 시간에 사백 땀방울짜리 일과 오백
땀방울짜리의 일. 그렇다면 그 호수, 어느 날 아재비가 하늘을 담은
그 호수는 몇 땀방울의 호수인 것일까. 그리고 말이지…… 우리가
사는 데 흘리는 모든 눈물을 에너지로 바꿀 수 있다면! 눈물 한 방울의
에너지……. 이 눈물 에너지의 단위는 무엇이라 부르면 좋을까……
그건 그저 방울이라 부를까……. 에너지 다섯 방울짜리 눈물, 이렇게
부르는 거야.

_《속삭임, 속삭임》, 민음사, 1994, 115~116쪽

박완서 산문 〈흔들리지 않는 전체〉

저 나무가 하루도 같은 날이 없이 변화무쌍하던 그 나무일까.
만개했을 때는 온 동네를 바람나게 할 것처럼 향기롭고 화려하던
꽃, 누런 살구를 한가마도 더 떨구던 그 다산성, 미풍에도 오묘하게
살랑이던 무성하고 예민한 잎새들, 느릿느릿 물들다가 우수수
서글픈 소리를 내며 서둘러 지던 낙엽, 그런 것들이 과연 저 나무가
한 짓이었을까, 믿기지 않으니 혹시 저 나무가 꾼 꿈이 아니었을까.
살구나무 옆에 올망졸망한 작은 나무들도 흔들림이 없긴 마찬가지다.
한때는 제각기 영화로웠던 나무들이다. 한때의 영화는 속절없이
가버렸고, 속절없이 가버린 것은 나의 군더더기일 뿐 전체는 아니라고
주장이라도 하듯 마지막 남은 전체는 한점 흐트러짐도 흔들림도 없다.
나무를 닮고 싶다.

_《두부》, 창비, 2002, 98~99쪽

파트릭 모디아노 소설《어두운 상점들의 거리》

그들 대부분은 심지어 살아 있는 동안에도 결코 단단해지지 못할
수증기만큼의 밀도조차 지니지 못했다. 위트는 '해변의 사나이'라고
불리는 한 인간을 나에게 그 예로 들어 보이곤 했다. 그 남자는 사십
년 동안이나 바닷가나 수영장 가에서 여름 피서객들과 할 일 없는
부자들과 한담을 나누며 보냈다. 수천수만 장의 바캉스 사진들 뒤쪽
한구석에 서서 그는 즐거워하는 사람들 그룹 저 너머에 수영복을
입은 채 찍혀 있지만 아무도 그의 이름이 무엇인지를 알지 못하며
왜 그가 그곳에 사진 찍혀 있는지 알 수 없다. 그리고 아무도 그가
어느 날 문득 사진들 속에서 보이지 않게 되었다는 것을 알아차리지
못할 것이다. 나는 위트에게 감히 그 말을 하지는 못했지만 나는 그
'해변의 사나이'는 바로 나라고 생각했다. 하기야 그 말을 위트에게
했다 해도 그는 놀라지 않았을 것이다. 따지고 보면 우리는 모두
'해변의 사나이'들이며 '모래는-그의 말을 그대로 인용하자면- 우리들
발자국을 기껏해야 몇 초 동안밖에 간직하지 않는다'고 위트는 늘
말하곤 했다.

_김화영 옮김, 문학동네, 2010, 74~75쪽

한스 크리스티안 안데르센 소설 〈인어공주〉

"우리에게는 왜 죽지 않는 영혼이 없어요?"

인어공주가 슬픔에 차서 물었어요.

"단 하루라도 인간이 되고 그 뒤에 그 천상 세계로 갈 수 있다면,

내 몫으로 살 수 있는 몇 백 년은 기꺼이 내주겠어요!"

"그런 생각은 하면 안 돼요. 우리는 저 위에 사는 인간보다 훨씬 행복한

거야!"

할머니가 말했어요.

"그래도 죽어서 거품이 되어 바다를 떠돌면, 세상의 음악도 들을 수

없고, 아름다운 꽃과 붉은 해님도 볼 수 없잖아요! 영원한 영혼을 얻기

위해서 할 수 있는 일은 아무것도 없나요?"

_《안데르센 메르헨》, 김서정 옮김, 문학과지성사, 2012년, 211쪽

샤를 피에르 보들레르 시 〈창문들〉에서 일부

열린 창문을 통해 밖에서 바라보는 사람은 결코 닫힌 창을 바라보는
사람만큼 많은 것을 보지 못한다. 한 자루 촛불로 밝혀진 창보다 더
그윽하고, 더 신비롭고, 더 풍요롭고, 더 컴컴하고, 더 눈부신 것은
없다. 태양 아래서 볼 수 있는 것은 언제나 한 장의 유리창 뒤에서
일어나는 것만큼 흥미롭지 않다. 이 어둡거나 밝은 구멍 속에서,
생명이 살고, 생명이 꿈꾸고, 생명이 고뇌한다.

_《파리의 우울》, 황현산 옮김, 문학동네, 2015, 102쪽

미셸 투르니에 산문 〈뒤쪽이 진실이다〉

남자든 여자든 사람은 자신의 얼굴 모습을 꾸며 표정을 짓고

양손을 움직여 손짓을 하고

몸짓과 발걸음으로 자신을 표현한다.

그 모든 것이 다 정면에 나타나 있다.

그렇다면 그 이면은?

뒤쪽은? 등 뒤는?

등은 거짓말을 할 줄 모른다.

너그럽고 솔직하고 용기 있는 한 사람이 내게로

오는 것을 보고 난 뒤에 그가

돌아서 가는 모습을 보면서

나는 그것이 겉모습에

불과했음을 얼마나 여러 번

깨달았던가. 돌아선 그의 등이

그의 인색함, 이중성, 비열함을

역력히 말해주고 있었으니!

_〈뒷모습〉, 김화영 옮김, 현대문학, 2020

프랑시스 잠 시 〈식당〉

우리 집 식당에는 윤이 날 듯 말 듯한
장롱이 하나 있는데, 그건
우리 대고모들의 목소리도 들었고
우리 할아버지의 목소리도 들었고
우리 아버지의 목소리도 들은 것이다.
그들의 추억을 언제나 간직하고 있는 장롱.
그게 암 말도 안 하고 있다고 생각하면 잘못이다.
그건 나와 이야기를 나누고 있으니까.

거기엔 또 나무로 된 뻐꾹시계도 하나 있는데,
왜 그런지 소리가 나지 않는다.
난 그것에 그 까닭을 물으려 하지 않는다.
아마 부서져 버린 거겠지,
태엽 속의 그 소리도.
그냥 우리 돌아가신 어르신네들의 목소리처럼.

또 거기엔 밀랍 냄새와 잼 냄새, 고기 냄새와 빵 냄새,
그리고 다 익은 배 냄새가 나는
오래된 찬장도 하나 있는데, 그건
우리한테서 아무것도 훔치지 말아야 한다는 것을
알고 있는 충직한 하인이다.

우리 집에 많은 남자들이, 여자들이
왔지만, 아무도 이 조그만 영혼들이 있음을 믿는 사람은
없었다. 그래 나는 빙그레 웃는 것이다.
방문객이 우리 집에 들어오며, 거기에 살고 있는 것이
나 혼자인 듯 이렇게 말할 때에는
안녕하신지요, 잠 씨?

_《새벽의 삼종에서 저녁의 삼종까지》, 곽광수 옮김, 민음사, 1995

사이하테 타히 산문 〈I like it〉

좋아하는 것을 만든다는 건 자기 안에 평범한 부분을 만드는 일이라고 생각한다. 다시 말해 타인과 공유할 수 있는 무언가를 갖는다는 뜻이다. 좋아하는 것을 발견하는 일은 자기표현의 가장 초기 단계다. 세계와 나의 공통점을 찾아 "나는 이것을 좋아합니다"라고 말하는 일. 그것이 가장 단순한 자기표현 수단이다. 물론 좋아하는 걸 줄줄이 말할 수 있는 인간이 있든 없든 세상과는 관계가 없지만 말이다. 어쨌든 세상과 어떻게 관계를 맺어야 할지 모르는 고독한 인간에게, 좋아하는 것을 찾아낸다는 것은 고독으로부터의 탈출을 뜻한다.

_《너의 변명은 최고의 예술》, 정수윤 옮김, 위즈덤하우스, 2022, 167쪽

2. 제대로 보기의 시작, 관찰

'관심關心'과 '관찰觀察'에서 '관'은 다른 뜻을 갖습니다. 관심은 관계할 '관關'자를 쓰고, 관찰은 볼 '관觀'자를 씁니다. 관심이 관계의 시작이라면 관찰은 제대로 보기의 시작, 통찰력을 갖추기 위한 연습이라 할 수 있지요.

'관심'이 '어떤 것에 마음이 끌려 주의를 기울임. 또는 주의를 기울이는 마음'이라면 '관찰'은 '사물이나 현상 등을 주의하여 자세히 살펴봄'입니다. 여기서 '주의'란 '어떤 한 곳이나 일에 관심을 집중하여 기울임'이라는 뜻을 갖습니다. 주의가 마음에 작용하면 관심이고, 행동으로 연결되면 관찰입니다.

마음이나 행동을 '말馬'에, 주의를 '고삐'에 비유해봅시다. 고삐를 제대로 쥐지 못하면 말이 제 멋대로 날뛰니 그 위에 올라탄 사람은 엉뚱한 데로 가거나 낙마하는 사고를 입을 수 있습니다. '관심'과 '관찰' '묘사'는 마음이나 행동의 고삐를 잡아 줄 수 있는 훌륭한 훈련입니다. 관심이 어휘력을 늘리는 첫 번째 비결이라면, 관찰과 묘사는 그 두 번째, 세 번째 비결입니다.

관찰은 어떻게 해야 할까요? 답은 뜻풀이에 들어 있습니다. '사물이나 현상을 주의하며 자세히 살펴봄.' 여기에 더해 헨리 데이비드 소로우는《월든》(강승영 옮김, 은행나무)에서 '그때그때 놓치지 않고 보는 훈련에 비하면 아무리 잘 선택된 역사나 철학이나 시의 공부도, 훌륭한 교제도, 가장 모범적인 생활 습관도 대단한 것은 아니'라면서 주의 깊게 살피는 자세의 필요성을 거듭 강조했습니다. 단순히 눈으로만 살피는 게 아니지요. 오감을 동원해 그때그때 놓치지 않고 주의하며 자세히 살핍니다. 그렇게 해서 다비드 르 브르통은 시간의 떨림을 감지했고 알랭 드 보통은 4만 개의 잎 위에 떨어지는 빗소리의 화음을 들었으며 호프 자런은 한 그루의 나무속에 100그루 이상의 나무가 살아 숨 쉬는 것을 보았습니다.

관찰 교재는 언제나 곁에 있습니다. 자연과 일상을 비롯한 모든 것이지요. 특히 자연을 그때그때 놓치지 않고 자세히 살펴보는 훈련을 꾸준히 익히면 보는 방식이 저절로 사람과 현상에게로 이어집니다. 구체적으로 어떤 방식인지 필사하는 동안 나는 소리가 문장으로 들어가는 발소리인양 앞서가는 문장의 뒤를 따라가봅시다. 🖉

다비드 르 브르통 산문〈침묵〉

그는 매순간 침묵의 두께 속에 가득히 깃들여 있는 서로 다른 소리들의
세계에 접근한다. 그는 어떤 새로운 감각을 발견해내는 것이다.
청각의 심도가 깊어진다는 것이 아니라 침묵의 지각과 관련된 센스가
생긴다는 뜻이다. 충분할 만큼 예민한 청각을 갖춘 사람이라면 풀이
자라고 나무의 우듬지에서 잎이 펼쳐지고 머루가 익고 수액이 천천히
올라오는 소리를 듣는다. 그는 흔히 소음과 분주함에 가려져서 느끼지
못했던 시간의 떨림을 다시 감지하기 시작한다. 침묵은 계절을 탄다.
우리 고장에서는 일월의 눈에 덮인 들판 속의 침묵이 다르고 팔월
뜨거운 햇빛에 겨워 꽃과 잎이 폭발하고 벌레들이 울어대는 한여름의
침묵이 또한 다르다. 같은 풍경 속에서도 침묵은 날마다 제각기 다른
결을 보인다.

_《걷기 예찬》, 김화영 옮김, 현대문학, 2002, 77쪽

• **결** 몡 : 성품의 바탕이나 상태.

알랭 드 보통 산문 〈시골과 도시에 대하여〉

여인숙 주인의 장담에도 불구하고 비는 줄기차게 내렸고, 그 때문에
떡갈나무들은 하나의 덩어리가 된 듯한 느낌을 주었다. 떡갈나무
잎들이 축축한 지붕처럼 우리의 머리를 덮고 있었다. 비는 4만 개의
잎 위에 타닥타닥 떨어지며 화음을 만들었다. 큰 잎에 떨어지는가
아니면 작은 잎에 떨어지는가, 높은 잎에 떨어지는가 아니면 낮은
잎에 떨어지는가, 물이 고인 잎에 떨어지는가 아니면 텅 빈 잎에
떨어지는가에 따라 빗소리는 다르게 들렸다. 이 나무들은 질서가 잡힌
복잡성의 상징이었다.

_《여행의 기술》, 정영목 옮김, 청미래, 2011, 188쪽

호프 자런 산문 〈뿌리와 이파리〉

숲에 들어간 사람들은 대부분 인간으로서는 도달할 수 없는 높이로 자란 큰 나무들을 올려다볼 것이다. 그러나 발아래를 내려다보는 사람은 드물다. 발자국 하나마다 수백 개의 씨앗이 살아서 기다리고 있는데도 말이다. 그들은 모두 그다지 가망은 없지만 희망을 버리지 않고 절대 오지 않을지도 모르는 그 기회를 기다린다. 그 씨앗 중 절반 이상은 모두 자기가 기다리던 신호가 오기 전에 죽고 말 것이고, 조건이 나쁜 해에는 모두 죽을 수도 있다. 이 모든 죽음은 이렇다 할 흔적을 남기지 않는다. 머리 위로 우뚝 솟은 자작나무 한 그루당 매년 적어도 25만 개의 씨앗을 만들어내기 때문이다. 이제 숲에 가면 잊지 말자. 눈에 보이는 나무가 한 그루라면 땅속에서 언젠가는 자신의 본모습을 드러내기를 열망하며 기다리는 나무가 100그루 이상 살아 숨 쉬고 있다는 사실을.

_〈랩걸〉, 김희정 옮김, 알마, 2017, 50~51쪽

황정은 소설 〈명실〉

육지를 떠난 고깃배들이 먼바다에서 집어등을 밝히고 있었다.
그 불빛이 언제까지고 이어졌다. 그녀는 전에 그런 광경을 본 적이
없었으므로 질리지도 않고 그것을 바라보았다. 막막한 어둠 속에서
수평선을 만드는 것은 그 불빛들이었다. 그게 없었다면 다만 어둠일
뿐인 공간을 수평선으로 나누는 것. 그녀는 그게 아름답다고 생각했다.
압도적인 공간에게 내던져진 인간에게…… 그것은 참 아름다운
광경이었다.

_《아무도 아닌》, 문학동네, 2016, 109쪽

현기영 소설 〈아내와 개오동〉

서향 창이라 여름마다 오후가 되면 해가 들어 방을 후끈 덥혀놓던
것이 올여름에는 무성하게 자란 오동나무 가지들이 추녀 밑으로
뻗어와 이렇게 그늘을 드리워주는 것이다. 그러나 초복이 가까워져
날씨가 더워지자 이 그늘도 이제 서늘한 맛이 조금도 없다. 후줄근하게
늘어지도록 뜨거운 햇볕을 쏘인 나뭇잎들은 독하고 쓰거운 냄새를 방
안으로 물컥물컥 토해놓았다. 이 냄새는 시멘트 덮인 마당에서 훅훅
끼쳐오는 뜨거운 반사열과 뒤섞여 숨을 헉헉 막히게 만드는 것이었다.

_《순이 삼촌》, 창비, 2015, 168~169쪽

• **쓰겁다** 형 : 쓰다의 방언

올가 토카르추크 소설 《태고의 시간들》

루타는 몽유 상태에 빠져서 모든 걸 완전히 다른 방식으로 보았다.
바람 한 점 한 점의 미세한 흐름, 곤충들의 느리고 우아한 날개짓,
물 흐르듯 부드러운 개미의 움직임, 나뭇잎의 표면에 내려앉아 있는
햇살의 입자들을 보았다. 새들의 지저귐이나 동물들의 비명과 같은
각종 고음들이 쿵쿵거리고 으르렁거리는 저음으로 탈바꿈하면서 마치
안개처럼 땅 위를 미끄러져 내려갔다. 루타가 느끼기로는 이렇게 몇
시간도 넘게 누워 있었던 것 같았지만, 실은 순간의 시간이 흘렀을
뿐이었다.

_최성은 옮김, 은행나무, 2019, 226쪽

3. 관점의 변화를 이끄는 전환점, 묘사

관심을 가지고 관찰하는 사물이나 대상, 현상 등을 묘사하려면 필요한 요소가 있습니다. 앞서 관찰이 '사물이나 현상을 주의하여 자세히 살펴봄'이라고 했는데 사물이나 대상은 명사에 해당하고, 현상은 형용사나 동사에 해당합니다.

알맞은 명사와 형용사, 동사 등을 어느 정도는 양적으로 확보해야 바라는 대로 묘사할 수 있습니다. 더불어 묘사하고자 하는 사물이나 현상에 대한 '지식'도 필요합니다. 제대로 묘사하기 위해 필요한 요소가 생각보다 많지요? 관심에서 시작된 이후의 과정을 도표로 그리면 다음과 같습니다.

관심 → 궁금증 → 관찰 → 조사 → 서술·묘사 → 관조·성찰 → 통찰

　관심에서 출발해 궁금증을 가지고 관찰과 조사를 하며 그 과정이나 결과를 서술하거나 묘사하는 동안에, 또는 마친 뒤의 가장 큰 선물은 관조(고요한 마음으로 사물이나 현상을 관찰하거나 비추어 봄)와 성찰(자기의 마음을 반성하고 살핌)입니다.

　묘사한 그것이 사실은 자기 자신에 대한 이야기임을 알아차립니다. 어느 것도 우연히 자신의 눈에 들어오지 않았다는 진실도요. 이러한 훈련을 거듭하면서 세상과 사람을 보는 시야가 확대되고 관점이 변화합니다. 무엇을 보아도 섣부르지 않고 관조하며 성찰하는 자세를 취할 수 있습니다.

　한편으로 묘사는 맥락을 찾는 좋은 방법입니다. 실제로 관심이나 관찰만으로 알기 힘든 맥락을 묘사하면서 찾는 경우가 적잖습니다. 과정이 꾸준하면 통찰(예리한 관찰력으로 사물이나 현상을 꿰뚫어 봄)로 나아갈 수 있지요.

　통찰력에 대해서는 '세 번째 걸음' 장에서 다루도록 하고 지금은 묘사하는 방식과 더불어 묘사에 필수인 어휘력을 습득하는 방식을 익혀봅시다. ✎

김화영 산문
〈프로방스의 아침 시장과 카바용 멜론의 향기〉

농가에서 직접 구운 부드러운 빵이 넘쳐날 듯이 쌓여 있다. 토마토,
복숭아, 오렌지, 멜론 같은 과일들, 아직 땅냄새가 채 가시지 않은
양파와 호박과 버섯, 녹색과 검은색의 올리브 절임, 토마토 말랭이,
노란 호박꽃 무더기, 올리브유, 타임, 바질, 월계수잎, 로즈메리 등 각종
프로방스 허브…… 향긋한 냄새와 빛나는 색깔과 떠들썩한 사람들의
대화가 오관을 애무한다. 삶의 기쁨은 바로 이곳, 과일과 채소와
소금과 기름과 향료의 색채와 냄새가 소용돌이치는 이 시장에서,
즐거운 표정들 속에서 빛난다. 기계적으로 돌아가는 슈퍼와 달리
여기서는 사람과 사람이 눈빛과 목소리와 미소로 만난다. 프로방스의
아침 시장에 우울한 얼굴은 없다. 아무도 서두르지 않는다. (중략)
우체국 앞 카페의 테라스에 앉아 커피를 마시는 사람들은 세상에
태어나기를 잘했다는 듯 흐뭇한 얼굴로 플라타너스 잎사귀 사이로
번뜩이는 햇빛에 한쪽 눈을 찡긋한다.

_《여름의 묘약》, 문학동네, 2013, 29쪽

● 거리의 간판, 옥외 광고판, 마트의 과일 코너나 채소 코너를 만
나면 저마다 달고 있는 이름표를 읽어주세요. 거리에 있는 나무
를 지칭하는 저마다의 명칭도요. 명사를 익히는 가장 쉬운 방법
입니다. 생물학자 에드워드 윌슨이 이런 말을 했다고 하지요.
"지혜로 나아가는 첫걸음은 대상을 올바른 이름으로 부르는 것
이다."

룰루 밀러 산문〈민들레〉

어떤 사람에게 민들레는 잡초처럼 보일지 모르지만, 다른
사람들에게는 그 똑같은 식물이 훨씬 다양한 것일 수 있다. 약초
채집가에게 민들레는 약재이고 간을 해독하고 피부를 깨끗이
하며 눈을 건강하게 하는 해법이다. 화가에게 민들레는 염료이며,
히피에게는 화관, 아이에게는 소원을 빌게 해주는 존재다. 나비에게는
생명을 유지하는 수단이며, 벌에게는 짝짓기를 하는 침대이고,
개미에게는 광활한 후각의 아틀라스에서 한 지점이 된다. 그리고
인간들, 우리도 분명 그럴 것이다.

_《물고기는 존재하지 않는다》, 정지인 옮김, 곰출판, 2021, 226~227쪽

●   세상의 모든 것은 설령 단 한 개의 명사로 불릴지라도 누가, 어
떻게 부르는지에 따라 저마다 다양한 쓰임, 다른 존재가 됩니다.
그 명칭들을 헤아려봅시다. 상상력과 지식은 미묘한 차이를 보
다 쉽게 떠올릴 수 있도록 도와줍니다.

델리아 오언스 소설 《가재가 노래하는 곳》

서녘 하늘에서 천둥 번개를 수반한 적란운이 터질 듯 빵빵한 회색 버섯
모양으로 뭉게뭉게 피어오르고 있었다.

_김선형 옮김, 살림출판사, 2020, 62쪽

●　　그냥 구름이라고 해도 무방하지만 글의 성질에 따라 '○○구름'
　　하는 넓은 범위의 어휘보다 적란운처럼 좁은 범위의 어휘를 사
　　용하면 보다 사실적이고 신뢰감을 줄 수 있습니다. 개빈 프레터
　　피니의 《날마다 구름 한 점》(김성훈 옮김, 김영사)이라는 책에 따르
　　면, "몇 가지 서로 다른 구름 유형의 이름을 배우는 것은 하늘과
　　새롭게 관계를 맺는 좋은 방법"이라고 합니다.

박목월 시 〈봄비〉

조용히 젖어드는 초지붕 아래서
온종일 생각나는 사람이 있었다.

월곡령 삼십리 피는 살구꽃
그대 사는 강마을의 봄비 시름을

장독 뒤에 더덕순
담 밑에 모란움

한나절 젖어드는 흙담 안에서
호박순 새 넌출이 사르르 피어난다

시구를 따라 헤아리면 절로 수채화가 그려집니다. '아래'와 '밑', '순'과 '움', '넌출'등의 적확한 어휘가 섬세한 정취를 더해줍니다. '아래'가 어떤 기준보다 낮은 위치를 포괄적으로 지칭한다면 '밑'은 그 기준에서 가까이 붙어 바로 아래입니다. 시에서 '초(가)지붕 아래', '담 밑'이라고 묘사한 것에서 알 수 있지요. '움'은 풀이나 나무에 새로 돋아 나오는 싹이고, '순'은 나무의 가지나 풀의 줄기에서 새로 돋아 나온 연한 싹으로 식용으로 섭취하기도 합니다. 꽃눈, 잎눈 할 때 '눈'은 움이나 순의 직전으로 새로 막 터져 나오려는 초목의 싹입니다. 눈만 보고는 여기서 꽃이 필지 잎이 필지 초보자들은 분간하기 어렵답니다. 앞서의 어휘들을 아우르는 넓은 범위의 어휘는 '싹'입니다. 호박순의 새 넌출이라고 지칭한 대목도 눈여겨보세요. 엉클어진 식물의 줄기를 일컫는 어휘로 각기 '덤불', '덩굴', '넌출' 등이 있고 다음과 같은 차이가 있습니다.

• **덤불** 명 : 어수선하게 엉클어진 수풀.
• **덩굴** 명 : 길게 뻗어나가면서 다른 물건을 감기도 하고 땅바닥에 퍼지기도 하는 식물의 줄기.
• **넌출** 명 : 길게 뻗어나가 늘어진 식물의 줄기. 등의 줄기, 다래의 줄기, 칡의 줄기 따위이다.

우숙영 산문 〈낙엽과 단풍〉

갈잎나무는 추운 겨울을 버티기 위해 조금 다른 선택을 한다. 나뭇잎을
떨어트리기로 한다. 어린잎이 움트는 봄부터 성장하는 여름까지
나무는 최선을 다해 나뭇잎을 보살폈다. 하지만 여름이 물러가고
선선한 바람이 불기 시작하면 나무는 나뭇잎에 공급하던 영양분을
거두어들인다. 잎자루에 떨켜를 만들어 나뭇잎을 떨어트릴 준비를
한다. 버리는 일이 쉬울 리 없다. 봄과 여름 온 힘을 다해 키웠던
잎이다. 흔적 없는 이별이 있을 리 없다. 나뭇잎을 보낸 자리에는
잎자국이 남는다.

_《산책의 언어》, 목수책방, 2022, 147~148쪽

• **떨켜** 몡 : 낙엽이 질 무렵 잎자루와 가지가 붙은 곳에 생기는 특수한 세포층.
• **잎자국** 몡 : 잎이 떨어진 뒤에 줄기에 남아 있는 잎이 붙어 있던 흔적.

● 앞서의 문장을 단 두 글자로 줄이면 '낙엽'입니다. 우리가 가을
마다 보는 풍경이지만 나무의 자세한 사정은 알지 못했습니다.
떨켜를 만들어 떨어트릴 준비를 하고, 떨어뜨린 다음에는 잎자
국이 남는다는 서술이 사람 사이의 이별과도 다르지 않은 것 같
지요. 이 문장을 알고 난 다음엔 떨켜와 잎자국을 챙겨 바라보고
는 합니다

김훈 산문〈제주에서〉

그 어느 바람도 산들바람이 아니다. 바람들은 먼 원양으로부터 바다를
뒤집어 엎으면서 전면전의 기세로 쳐들어온다. 바람의 예봉들이
해안단애에 부딪쳐 깨어져나갈 때마다 15~20미터의 흰 물기둥이
육지로 넘어 들어오고, 뭍으로 올라온 바람은 풍향의 계통을 버리고
수많은 갈래로 흩어져서 한라산의 수많은 오름(봉우리)들과 산협을
휩쓸어 올라가거나 혹은 치달아 내려간다. 바람의 갈대들은 서로
부딪쳐 회오리치며 하늘로 치솟아 오르며 나무를 뽑고 바위를 날린다.
그러므로 제주바람의 풍향과 풍속은 설명되지 않는다. 그 바람은
미친년이 널을 뛰는 봉두난발의 바람이고, 자연이 인간에게 가하는
이유 없는 폭력의 바람이다.

_《내가 읽은 책과 세상》, 푸른숲, 2004, 88~89쪽

- **예봉** 몡 : 1. 창이나 칼 따위의 날카로운 끝.
  2. 날카롭게 공격하는 기세.
- **해안단애** 몡 : 바다와 육지가 맞닿은 부분에 깎아 세운 듯한 낭떠러지.
- **산협** 몡 : 산속의 골짜기.

●　일체의 모호함을 허용하지 않고 제주의 바람을 묘사한 문장입니다. '뒤집어엎다, 쳐들어온다, 부딪쳐 깨어져나가다, 수많은 갈래로 흩어지다, 휩쓸어 올라가다, 치달아 내려가다, 부딪쳐 회오리치다, 치솟아 오르다, 뽑다, 날리다, 널을 뛰다' 등의 생생한 용언이 큰 몫을 하고, 예봉, 해안단애, 뭍, 오름(봉우리), 산협, 나무, 바위 등 명사들이 구체적으로 등장해 위력을 체감하게 해줍니다.

페데리코 가르시아 로르카 산문
〈카르데냐 성 베드로 수도원〉

저 멀리 솟은 산맥은 희미한 보랏빛 불꽃처럼 일렁이고, 들판의
나무들은 오후 햇살의 세례를 받아 금빛 영혼을 꿈꾸고 있다. 부드럽고
희미한 빛이 거대한 부채를 펼치자 우수에 잠겼던 언덕이 일순간
무지개 빛깔로 드러났다.

농부들이 긴 낫을 휘둘러 이삭에게 죽음을 고하는 동안, 밭 사이에
숨어 떨고 있던 아마폴라는 핏빛의 얼굴을 내보였다.

잿빛 지평선 속으로 저녁노을의 선율이 퍼지기 시작했다. 공기가
멈추어선 듯 사위가 고요하고, 신비로운 빛으로 물든 하늘 아래에서
오후의 카스티야는 영원하고 나른한 노래를 부른다.

달구지 소리가 길에서 들려오고 풀벌레들은 현絃을 켜 연주를
시작했다. 이름 모를 꽃과 풀은 스스로의 향합香盒을 부수어 어둠을
부드럽게 애무한다. 어둠 속에서 누군가가 알아들을 수 없는 신성한
소리로 영원에 대해 이야기하는 듯하다.

_《인상과 풍경》, 엄지영 옮김, 펭귄클래식코리아, 2008, 51쪽

● 인상파 화가가 된 양 사물이나 현상을 빛의 변화에 비추어 감상하는 방식은 퍽 근사합니다. 사물이나 대상, 현상 등을 묘사할 적에 글의 완성도를 좌우하는 것이 형태 못지않게 색깔과 소리, 촉각 등입니다. 특히 우리말은 색과 빛을 표현하는 형용사가 무궁무진할 정도입니다. 묘사의 대가인 로르카가 앞서의 글에서 쓴 '금빛'은 한국어를 모국어로 쓰는 작가라면 '부시다(빛이나 색채가 강렬하게 마주 보기가 어려운 상태에 있다)', '찬찬하다(번쩍번쩍 빛이 나며 아름답다)'로 쓸 확률이 높습니다.

또 '핏빛'이라고 쓴 붉은 빛깔을 한국어의 무궁무진한 빛깔 형용사로 펼치면 크게는 발갛다, 벌겋다, 붉다, 빨갛다, 뻘겋다 등으로 분류할 수 있고 그 사이사이에 빛과 어감의 미세한 차이를 포착해 (발)그대대하다, (발)그레하다, (발)그름하다, (발)그무레하다, (발)그스름하다, (발)그족족하다, (발)긋(발)긋하다 등 각 빛깔마다 수십여 가지의 어휘가 있습니다.

장석남 산문 〈물 긷는 소리〉

어느 순간 새파란 빛이 머리 위를 감돌고 돌아 서늘히 이마 위로
내려온다. 그러한 기운을 느낄 때 저절로 동쪽 하늘을 보게 된다.
그쪽으로부터 시간은 오는 것이다. 조금씩 조금씩 새파란 빛이
걸어온다. 그 빛은 바로 비취, 청자의 그것이다. 어디선가 꼭 그만한
빛의 투명으로 새 한 마리가 문득 울음을 던진다. 모든 것은 그때부터
시작이다. 뭇 새가 깨어 울기 시작하면 나무들도, 처마도, 마당도,
부엌도, 신발들도 깨어나는 것이다. 밤새워 결론도 없이 괴로웠던 모든
성聖과 속俗의 일들은 그 순간 놀랍게도 말끔히 치유되고 만다. 새벽은
그래서 가장 성스러운 시간이 된다.
어린 시절 그러한 새벽이면 내가 잠자던 방 뒤꼍에 있던 우물에서
물을 긷는 소리가 들리곤 했다. 할머니는 하루의 처음 긷는 물을
'숫물'이라고 불렀다. 나는 그 성스럽던 소리 또한 잊을 수 없다. 파란,
청잣빛 같은 그 물 긷는 소리.

_《사랑하는 것은 모두 멀리 있다》, 마음의숲, 2021. 28~29쪽

● 로마신화에 관심이 깊다면 앞서의 로르카의 산문 중 '농부들이 긴 낫을 휘둘러 이삭에게 죽음을 고하는 동안'이라는 구절에서 '사투르누스'를 떠올렸을지 모르겠습니다. 그리스 신화에서 우라노스의 아들이자 제우스의 아버지로 한때 올림포스 최고의 신이었던 크로노스는 이탈리아로 건너가 거대한 낫을 든 '농경의 신'이 됩니다.

그러다 14세기 초, 페스트가 유럽의 전역을 휩쓴 뒤 '죽음의 신'을 겸하는데 이는 페스트로 수많은 사람이 목숨을 잃는 모습이 마치 추수철에 낫으로 곡식을 베는 것처럼 사투르누스가 거대한 낫을 들어 인간의 육체와 영혼이 연결된 끈을 끊어 놓는 것 같았던 데서 유래합니다.

이처럼 표현법은 글쓴이가 태어나고 자란 환경과 떼어 놓을 수 없습니다. 앞서 갓밝이(여명)의 시간을 묘사한 장석남의 글에서 '새파란 빛'에 그치지 않고 비취, 청자로 끈이 이어지고, 그 끈이 과거의 기억으로부터 '숫물'을 길어 올린 것 또한 그렇지요.

한승원 소설 〈그러나 다 그러는 것만은 아니다〉

바람은 언제 어느 때 보아도 짓궂다. 술래에게 바람벽에 머리를
처박은 채 기역 자로 허리 굽히고 있게 해놓은 다음 말뚝박기를 하는
개구쟁이들처럼. 바다 쪽에서 오는 바람은, 주렁주렁 매달린 황금색
열매의 무게를 감당하지 못하고 뻐드러진 유자나무 가지를 올라타고
한동안 엉덩방아를 찧어대다가 모두걸음으로 뜀박질 쳐 올라가서
토굴 처맛귀에 대롱거리는 풍경의 양철판 물고기를 흔들어댄다. 그
물고기의 요분질 같은 요동을 견디지 못하고 풍경은 간지럼 잘 타는
아기처럼 몸을 흔들며 떼엥 뗑그렁 웃어댄다.
그래, 삶은 의무감으로 사는 것이 아니고 저런 바람을 품은 채 한껏
즐기는 것이다. 숨이 붙어 있는 한 저렇게 웃으면서 버티는 것이다.
각자 받은 소명을 다하기 위해서.
쪽빛 천을 깔아놓은 듯한 하늘을 배경으로 산발한 자신의 머리털 같은
검은 잔가지들에는 감 몇 십 개가 꽃봉오리들같이 달려 있고, 그것들은
아침 햇살을 받아 빛난다. 내 생각에 대하여 그렇다고 대답하기라도
하듯.

_《야만과 신화》, 위즈덤하우스, 2016, 526쪽

● 　단지 '바람'에 대해서만 묘사한 글입니다. 바람은 형태나 소리가 없습니다. 볼 수 있고 들을 수 있는 다른 무엇을 빌려 묘사할 수밖에 없습니다. 이럴 때 무엇을 빌렸느냐에 따라 글의 품격이 가름되고는 합니다. 또 세상의 수많은 것 중에 왜 하필이면 그것인지가 마음이나 정신의 상태를 알려주기도 합니다. 그리하여 바람을 묘사하되 단지 바람에 대해서만 묘사한 글이 아니게 됩니다.

* **바람벽** 명 : 방이나 칸살의 옆을 둘러막은 둘레의 벽.
* **뻐드러지다** 동 : 1. 끝이 밖으로 벌어져 나오다.
　　　　　　　　2. 굳어서 뻣뻣하게 되다.
* **모두걸음** 명 : '까치걸음'의 방언.
　　　　　　(까치걸음 : 1. 두 발을 모아서 뛰는 종종걸음. 2. 발뒤꿈치를 들고 살살 걷는 걸음.)
* **처맛귀** 명 : 처마의 귀퉁이
* **쪽빛** 명 : 짙은 파란빛
* **'빌다'와 '빌리다'** 동 : '빌리다'는 '나중에 도로 돌려주거나 대가를 갚기로 하고 얼마 동안 쓰다'이고, '빌다'는 '공짜로 달라고 호소하여 얻다'이다.
* **'가늠하다'와 '가름하다'** 동 : '가늠하다'가 '목표나 기준에 맞고 안 맞음을 헤아리다', '사물을 어림잡아 헤아리다'라면 '가름하다'는 '쪼개거나 나누어 따로따로 되게 하다', '승부나 등수 따위를 정하다'이다.

귀스타브 플로베르 소설《마담 보바리》

유리창으로 비쳐드는 희끄무레한 햇빛은 물결처럼 출렁거리며 서서히
엷어져 갔다. 언제나 같은 자리에 놓여 있는 가구들이 오늘따라 더욱
요지부동인 채 캄캄한 바다 속으로 가라앉듯 어둠 속으로 잦아드는
느낌이었다. 난로의 불은 꺼져 있고 시계만이 여전히 소리를 내고
있었다. 그러자 엠마에게는 자기 내부가 이토록 술렁거리고 있는데도
주위의 사물들이 이처럼 조용한 것이 어쩐지 놀랍게만 느껴졌다.

_김화영 옮김, 민음사, 2000, 169쪽

생각이나 감정은 눈에 보이지 않기 때문에 구체적으로 전하는
데 어려움을 겪습니다. 그러나 사물이나 현상에 대한 묘사에 능
통하면 그를 빌려 생각이나 감정을 전달해 공감을 불러일으킬
수 있습니다. 훌륭한 문학작품이라면 단 한 줄도 등장인물의 내
면과 무관한 묘사는 없지요. 이어지는 카렌 블릭센과 박경리의
문장 역시 그러합니다.

카렌 블릭센 소설《아웃 오브 아프리카》

나는 이구아나를 쏜 적이 있다. 가죽으로 아름다운 물건을 만들 수
있으리란 생각에서였다. 그러자 이상한 일이 일어났고 나는 그 일을
영원히 잊을 수 없다. 돌 위에서 총을 맞고 죽어 있는 이구아나에게
다가가는데 몇 걸음 옮기기도 전에 이구아나가 선명한 색을 잃어
가는 게 보였다. 이구아나가 지닌 모든 색이 마치 긴 한숨을 내쉬듯
빠져나갔고 내가 다가가 만졌을 때는 콘크리트 덩어리처럼 우중충한
잿빛이 되어 있었다. 그 찬란한 빛을 발했던 건 이구아나의 몸속에서
맹렬히 고동치던 살아 있는 피였다. 그 불길이 꺼지고 영혼이
빠져나가자 이구아나는 모래 자루처럼 죽은 물체에 지나지 않았다.

_민승남 옮김, 열린책들, 2008, 233쪽

박경리 소설《토지 9》

조춘早春에서 봄 한가운데로 성큼 건너가려는 시기에는 바람과 바람이
실어오는 흙먼지와 그 흙먼지의 내음과, 그리고 내음은 바위틈에서
마른 잔디를 비집고 혹은 담장 밑에서 돋아나는 연하고 보송보송 살찐
풀잎의 촉감을 환기시킨다. 대지의 힘찬 숨결은 앙상한 나뭇가지로
뻗어 올라가고 어미 짐승이 새끼 상처를 핥아주듯이 풍설에 멍든
나무의 표피를 바람은 어루만진다. 얼음이 녹고 그늘을 드리운
강물은 정다운 어머니처럼 착한 아내처럼 산자락을 감싸 안으며
모질었던 겨울 얘기를 하면서 흐느껴 우는가. 까치는 날개가 찢어지게
나뭇가지를 물어 나르며 둥우리를 만들고 흙벽을 뜯어먹으면서도
아기는 자란다. 아아 그리고 가랑잎같이 매달려 겨울바람을 견디어낸
번데기는 지금 무서운 경련을 일으키고 있는 것이다. 겨울의 죽음에서
떨치고 일어나려는 몸부림, 몸부림, 몸부림은 온 천지에 충만하여
신음하고 포효하고, 정녕 봄은 장엄하고 처절한 계절인지 모른다.
신비와 경이에 가득한 생명의 위대한 현장인지도 모른다.

_다산책방, 2023, 247쪽

F. 스콧 피츠제럴드 소설《위대한 개츠비》

그는 사려 깊은 미소를 지었다. 아니, 사려 이상을 담은 미소를 지었다. 영원히 변치 않을 듯한 확신을 내비치는, 평생 가도 네댓 번밖에는 만날 수 없는 미소였다. 잠시 동안 영원한 세계를 대면한-또는 대면한 듯한-미소였고, 또한 당신을 좋아할 수밖에 없으며 당신에게 온 정신을 쏟겠다고 맹세하는 듯한 미소였다. 당신이 이해받고 싶은 만큼 당신을 이해하고 있고, 당신이 스스로를 믿는 만큼 당신을 믿고 있으며, 당신이 전달하고 싶어 하는 최대한 호의적인 인상을 분명히 전달받았다고 말해 주는 미소였다. 바로 그 순간 그 미소는 사라졌다. 어느새 내 앞에는 서른하고도 두세 살가량 더 먹은 단정하고 우아한 젊은이가 서 있었다. 그런데 격식을 차린 그의 말투는 가까스로 어리석다는 느낌을 벗어나는 수준이었다. 자기소개를 하기 직전까지 그가 말을 조심스럽게 골라 쓰고 있다는 인상이 강하게 들었다.

_김욱동 옮김, 민음사, 2003, 73쪽

● 　누군가를 만나서 무엇을 어떻게 했다는 기록도 좋지만 그 사람에게 받은 인상을 묘사하는 일은 어휘력 향상과 더불어 여러모로 효과적입니다. 일정 양의 글로 묘사하려면 충분히 관찰해야 하고, 쓰는 동안 상대를 객관적으로 파악할 수 있을 뿐 아니라 자신의 사람 보는 방식을 새삼스레 알아차리기 때문입니다.

카를 구스트프 융이 말했죠.

"다른 사람이 내 눈에 거슬리는 점이 무엇인지 살펴보면 나 자신을 더 잘 이해할 수 있다."

사람 보는 안목을 키울 수 있는 것도 물론입니다.

백석 시 〈야반夜半〉

토방에 승냥이 같은 강아지가 앉은 집
부엌으론 무럭무럭 하이얀 김이 난다
자정도 훨씬 지났는데
닭을 잡고 모밀국수를 누른다고 한다
어는 산 옆에선 캥캥 여우가 운다.

_기행시 〈산중음山中吟〉 중에서

●   그저 보이는 대로 들리는 대로 느끼는 대로 담백하게 서술하고 있을 뿐입니다. 그런데도 되뇔수록 마음이 고요해지고 짙은 여운이 배어나는 까닭은 무엇일까요. 저는 풍경을 바라보는 시인의 마음이 사심 없이 진실하고, 제 마음이 그러한 시인의 마음에 공명하기 때문이라고 생각합니다. 어느 어휘 하나 감정이나 생각, 느낌에 대해 알리지 않고 있는데도 말이지요.

자크 프레베르 시 〈아침식사〉

그는 커피잔에
커피를 따랐지
그는 커피잔에
우유를 부었지
그는 우유 탄 커피에
설탕을 넣었지
그는 작은 스푼으로
커피를 저었지
그는 커피를 마시고
잔을 내려놓았지
말 한마디 하지 않고
그는 담배에
불을 붙였지
그는 담배 연기로
동그라미를 만들었지
그는 재떨이에
재를 털었지

내게 말 한마디 하지 않고
내게 눈길 한 번 주지 않고
그는 일어섰지
그는 머리에 모자를 썼지
비가 내리고 있었기 때문에
비옷을 걸쳐 입었지
그리고 그는 떠났지
빗속으로 한마디 말도 없이
나를 쳐다보지도 않고
그래서 나는
두 손에 얼굴을 파묻고 울었지

처음 읽을 때는 그저 눈에 보이는 대로 간결하게 썼구나 했다가 마지막 다섯줄을 알고 시를 다시 읽으면 이별을 직감한 화자가 연인의 동작 하나하나 자신의 눈에 암각화로 새기듯 바라보는 모습이 훤히 밟힙니다. 이처럼 쉬운 어휘와 꾸밈없는 서술로 차근차근 묘사하기는 어렵잖게 따라해 볼 수 있습니다. 소실점이 명확하고 반전이자 방점까지 준비되어 있다면 울림이나 재미를 줄 수 있지요. 단, 이전의 서술이 단지 반전이나 방점을 목적으로 하면 자칫 기교에 불과해질 수 있습니다. 글은 "어때? 깜짝 놀랐지?" 하려는 게 아니니까요. 또 반전이나 방점은 덧붙임 없이 짧을수록 좋습니다. 나머지는 독자의 몫이니 믿고 맡깁니다.

세 번째 걸음

어휘가
주는 힘

친구가 보고 싶어 전화를 걸어 다짜고짜 지금 나올 수 있느냐고 물었습니다. 친구는 딱 하나만 물었습니다.

"어디로?"

몇 분 후, 우리는 마주보고 앉았습니다. 세 시간 정도 함께 있었던 것 같습니다. 둘 다 아무 말도 하지 않았습니다. 각자 할 일을 했다거나 책을 읽었던 것도 아닙니다. 아무 하는 것 없이 그저 그 시간, 그 공간에 둘이 마주 놓여 있었습니다. 마침내 한 사람이 먼저 일어나자 다른 한 사람이 따라 일어섰고, 팔을 들어 손바닥을 내보이는 것으로 안녕이라는 말마저 대신하고는 각자 집으로 돌아갔습니다.

만약 누군가 어떤 관계가 이상적이냐고 묻는다면 그날 저와 친구처럼, 아무 말없이 몇 시간을 함께 있어도 불안하지 않고 편안한 사이라고 하겠습니다(가족처럼 집이라는 한 공간에서 말없이 각자 할 일을 하는 상황을 얘기하는 게 아닙니다). 그런데 이 비현실적인 관계에는 반전이 있습니다.

고등학교 동창인 저와 친구가 학창시절 몇 년 내내 편지를 주고받았다는 사실입니다. 나중에 친구가 말하기를 제가 보낸 편지만 한 박스라고 했을 정도입니다. 매일 보면서도 그렇게 편지를 많이 썼다니 지금이라면 엄두조차 내지 못할 일이지만 그 많은 편지를 쓴 덕에 친구는 유선경이라는 텍스트를 읽을 수밖에 없었고, 말없이도 필요와 감정을 짐작하고 이해하는 사이가 가능했던 것입니다. 더구나 오로지 한 사람에게만 송신하는 편지는 어떤 매체보다 내밀합니다. 지속적일 경우 솔직함에 있어 거의 '날 것'이 되지요.

제가 그 시절에 과하다 싶을 정도로 일기와 편지를 쓴 것은 작가가 되기 위한 연습 과정이 아니었습니다. 오로지 하나, '살기 위해서'였습니다. 그 동아줄이 글이었고, 어휘였을 뿐입니다. 성공 여부를 묻는다면 목도하다시 피 성공했습니다. 반 백 년이 넘도록 이렇게 살아 있으니까요. 그저 글을 읽 고 쓰다 보니 저절로 살아진 게 아닙니다. 글을 읽고 쓰는 과정에서 축적된 힘이 인생이라는 육중한 바윗돌을 밀고 나가는 데 결정적 역할을 해주었 고, 한 보씩 힘껏 앞으로 밀 때마다 능동적인 인격체로 변화했습니다.

무엇보다 매일이다시피 쏟아지는 세상살이의 온갖 비루함과 지루함이 라는 포화를 견디게 해주었습니다. 저는 이것이야말로 제 인생에서 일어난 '기적'이라고 생각합니다.

글과 어휘에 대체 어떤 힘이 있기에 이런 기적이 가능했을까요. 크게 다 섯 가지로 정리해보았습니다. 공감력과 이해력, 통찰력, 자기조절력 그리 고 표현력입니다. 이 다섯 가지는 어휘가 가진 힘이기에 우리가 어휘를 통 해 기를 수 있는 힘입니다. 내가 누구인지 알게 하고, 어떻게 살아야 하는지 알려주고, 마침내 기적을 일으키는 힘입니다. ✏️

1. 공감력:
타인의 세계에 응답하고
그 세계로 들어가다

나를 제외한 사람은 모두 '남'입니다. 남은 '내가 모르는 세상'입니다. 모르는 세상을 아는 세상으로 바꾸는 열쇠는 머리가 아닌 가슴이 쥐고 있습니다. 시작은 '반응'이 아닌 '응답'에 있어요. 상대의 감정에 응답하기 위해서는 적극적으로 상대 입장이 되어야 합니다. 그러려면 무엇보다 상대가 '내가 모르는 세상'이라는 뼈 아픈 진실을 인정해야 합니다.

상대를 안다고 지레짐작하거나 상대 입장이 아닌 상태에서 감정을 헤아리는 일은 오독이 될 가능성이 큽니다. 읽을 수 있을 만큼밖에 읽지 못하거나 읽고 싶은 대로 읽는 오독, 그 결과는 불통이겠지요. 이런 불상사를 피하려 몇 번이고 스스로에게 묻습니다. '내가 이렇게 이해한 것이 맞나?' 또 상대의 현재 상황이나 성향, 인격 등에 비추고 대입하며 여러 가지 해석을 정반합의 방향으로 시도해보기도 합니다. 이러한 사유의 과정이 곧 '리터러시'입니다.

'알다가도 모르겠네'라는 표현이 있습니다. 절로 이런 말이 나올 정도면 황당하다는 거지요. 그렇지만 왜 알다가도 모르게 되었는지 꼭 짚어보세요. 거기에 소통으로 가는 길이 있습니다.

지금까지 한 이야기를 뒤집어 볼까요. 모르겠어서 마침내 자기 입장을 떨치고 상대 입장에서 그의 상황이나 성향, 인격 등에 비추어 그의 감정에 응답하는 것. 이것이 '공감'입니다. 공감력은 후천적으로 기를 수 있으며 절묘하게도 리터러시를 키우는 과정과 일치합니다.

다음 열 두 개의 문장은 '공감'에 대한 것으로 특별히 하나의 스토리로 이어지도록 구성해보았습니다. ✏️

페터 빅셀 소설 〈책상은 책상이다〉

이 이야기는 슬프게 시작되었고 슬프게 끝이 난다. 잿빛 외투를
입은 그 나이 많은 남자는 사람들이 하는 말을 더 이상 이해할 수
없게 되었다. 그건 그리 심각한 문제는 아니었다. 그보다 더 심각한
것은 사람들이 그를 더 이상 이해할 수 없게 된 것이었다. 그래서
그는 그때부터 말을 하지 않았다. 그는 침묵했고, 자기 자신하고만
이야기했고, 더 이상 인사조차도 하지 않게 되었다.

_〈책상은 책상이다〉, 이용숙 옮김, 위즈덤하우스, 2018, 38쪽

나쓰메 소세키 소설《마음》

아내가 나에게 종종 무엇 때문에 공부를 하느냐고 물었네. 나는
그저 쓴웃음만 지었지. 하지만 마음속 깊은 곳에서는 세상에서 내가
가장 믿고 사랑하는 단 한 사람조차 나를 이해하지 못하는구나 싶어
슬펐네. 이해시킬 수단이 있는데도 이해시킬 용기가 나지 않는 거라고
생각하니 더욱 슬퍼지더군. 나는 적막했네. 어떤 곳으로부터도 떨어져
세상에 홀로 살고 있는 듯한 느낌이 들 때도 자주 있었지.

_송태욱 옮김, 현암사, 2016, 266쪽

은희경 소설《새의 선물》

저만치 버스가 멀어진 뒤 비로소 먼지가 가라앉는다. 그런데 그 먼지
속에 아줌마가 여전히 서 있다.

아줌마는 버스가 사라진 쪽을 바라보며 서 있다. 아까의 그 자세
그대로 등뒤로 손을 돌려 포대기를 받친 채 버스가 간 쪽으로 고개만
돌리고 있는 아줌마의 모습은 한 장의 사진처럼 정지되어 마음속의
음영을 강한 부조로 나타내고 있다. 아줌마는 갈 곳이 있는 게
아니었다. 떠나고 싶어하는 것이었다. (중략)

버스가 가버린 쪽으로 돌려져 있던 아줌마의 고개의 각도가 눈앞에서
사라지지 않는다. 버스가 아줌마 앞에 섰을 때 아마 아줌마는 충동을
느꼈을 것이다. 그때 버스에 한 발을 올려놓는 것으로 아줌마의 인생은
달라질지도 모른다. '지금의 삶'에서는 벗어날 수 있을 것이다. 그 순간
아줌마가 느꼈을 복잡한 갈등이 내 가슴으로 들어와 스민다. 나도
떠나고 싶은 건가. 나에게도 지금의 삶에 대한 번민이 있어 여기에서
벗어나고자 하는 마음이 있는 건가. 그렇다면 내가 원하는 다른 삶은
어떤 것인가.

_문학동네, 2022, 149~151쪽

하이타니 겐지로 소설 〈외톨이 동물원–서문〉

너희가 모르는 곳에
갖가지 인생이 있다.
너희 인생이
둘도 없이 소중하듯
너희가 모르는 인생도
둘도 없이 소중하다.
사람을 사랑하는 일은
모르는 인생을 사랑하는 일이다.

_《외톨이 동물원》, 햇살과나무꾼 옮김, 비룡소, 2003년, 7쪽

• **갖가지** 명 : 가지가지의 준말.
　　　　유의어) 가지가지. 각가지. 각양각색. 각종. 갖갖.

백석 시 〈산숙山宿〉

(원본)

여인숙旅人宿이라도 국숫집이다
모밀가루포대가 그득하니 쌓인 웃간은 들믄들믄 더웁기도 하다
나는 낡은 국수분틀과 그즈런히 나가 누어서
구석에 데굴데굴하는 목침木枕들을 베여보며
이 산골에 들어와서 이 목침木枕들에 새까마니 때를 올리고 간
사람들을 생각한다
그 사람들의 얼골과 생업生業과 마음들을 생각해본다

_기행시 〈산중음山中吟〉 중에서

천명관 소설 《나의 삼촌 브루스 리 1》

그들은 아마도 서울 변두리 어디쯤에 단칸셋방을 얻어 막막한
서울살이를 시작할 터이지만 그것이 이른 새벽, 무논에 들어갈
때보다 더 서늘하고 흙먼지 날리는 묵정밭을 맬 때보다 더 팍팍하다는
것을 곧 깨닫게 될 것이다. 속이 메슥거리는 매연 냄새는 좀처럼
익숙해지지 않고 자기 집에 들어가도 남의 집에 온 듯 낯설어 몇 해도
가기 전에 오매불망, 꿈에 본 내 고향을 그리워하겠지만 한 번 등진
고향 땅을 다시 밟기는 어려운 법, 아직 동도 트기 전 까마귀 시체가
널린 듯 연탄재로 온통 시커메진 골목길을 밟으며 고단한 일터로 나갈
때마다 자꾸만 발이 허방을 짚는 듯 불안하고 허전해 어쩌다 운 좋게
술이라도 한잔 얻어 걸치면 사는 게 도대체 이게 뭔가, 싶은 기분에
자꾸만 눈물이 날 것 같지만 그래도 믿을 거라곤 그저 늙어가는 몸뚱이
하나뿐, 낡은 자전거 페달을 돌리듯 체인이 끊어질 때까지 찌든 육신을
돌리고 또 돌려야 할 터였다.

_위즈덤하우스, 2012, 243쪽

- **묵정밭** 몡 : 곡식을 갈지 않고 오래 버려두어 거칠어진 밭. ≒ 쑥대밭
- **팍팍하다** 휑 : 삶의 여유가 없고 힘겹다. ≒ 고생스럽다. 힘겹다.
- **오매불망**(寤寐不忘) 몡 : 자나 깨나 잊지 못함.
- **허방** 몡 : 땅바닥이 움푹 패어 빠지기 쉬운 구덩이.

아쿠타가와 류노스케 소설〈귤〉

그 순간이었다. 창밖으로 상반신을 내민 소녀가, 그 부르튼 손을
내밀고 힘차게 좌우로 흔드는가 싶더니, 가슴을 설레게 할 정도의
따뜻한 햇살로 물든 귤 대여섯 개가 기차를 배웅하는 아이들 쪽으로
어느새 날아가 흩어졌다. 나는 순간 숨을 멈췄다. 그리고 찰나에 모든
것을 알 수 있었다. 소녀는 지금 일자리를 찾아 도시로 떠나는 것일
터이고, 가지고 있던 몇 개의 귤을 던져, 일부러 멀리 건널목까지 배웅
나온 남동생들의 노고에 답한 것이었다.

저녁노을에 물든 마을의 건널목과, 참새처럼 소리를 질러대던 세 아이,
그리고 아이들에게 날아가 흩어진 선명한 귤 빛, 그 모든 것은 차창
밖에서 눈 깜짝할 사이에 스쳐 지나갔다. 그러나 내 마음에는 애절할
정도로 확연히 이 광경이 각인되었다. 그리고 내 속 깊은 곳에서 어떤
정체를 알 수 없는 밝은 것이 용솟음쳐오는 것을 느꼈다. 나는 선뜻
고개를 들고 마치 다른 사람을 쳐다보는 것처럼 소녀를 주시하였다.

_《라쇼몽》, 김영식 옮김, 문예출판사, 2008, 111~112쪽

문태준 산문 〈쓰다듬는 것이 열애입니다〉

서로가 쓰다듬지 않으면 살 수 없는 것입니다. 한 움큼씩 소량으로
봄비가 올 적에도 그렇습니다. 봄비는 풀잎을 적실 정도로 옵니다.
땅이 촉촉해질 정도로 옵니다. 엷은 안개가 끼는 일도 그렇습니다.
박무薄霧는 빗으로 공중을 한 번 빗겨주는 정도입니다. 거미가 구석에
거미줄을 내는 일도 그렇습니다. 나를 걱정해주는 당신의 목소리도
그렇습니다. 모두 알뜰히 쓰다듬는 일입니다.
쓰다듬는다는 것은 "내 마음이 좀 그렇다"는 뜻입니다. 말로 다할 수
없어 그냥 쓰다듬을 뿐입니다. 말을 해도 고작 입속말로 웅얼웅얼하는
것입니다.

_《느림보 마음》, 마음의숲, 2009, 103쪽

- **쓰다듬다** 통 : 1. 손으로 살살 쓸어 어루만지다.
  2. 살살 달래어 가라앉히다.
  유의어) 위로하다. 어루만지다. 쓸다. 매만지다. 만지다. 달래다. 가라앉히다.
- **알뜰하다** 형 : 다른 사람을 아끼고 위하는 마음이 참되고 지극하다.
- **그냥** 부 : 아무런 대가나 조건 또는 의미 따위가 없이.
- **웅얼웅얼하다** 통 : 남이 알아듣지 못할 말을 자꾸 입속으로 지껄이다.

김사인 시 〈조용한 일〉

이도 저도 마땅치 않은 저녁
철이른 낙엽 하나 슬며시 곁에 내린다

그냥 있어볼 길밖에 없는 내 곁에
저도 말없이 그냥 있는다

고맙다
실은 이런 것이 고마운 일이다

_《가만히 좋아하는》, 창비, 2006

메리 셸리 소설《프랑켄슈타인》

(프랑켄슈타인 박사가 창조한 피조물이 프랑켄슈타인 박사에게 하는 말)

어떻게 해야 당신 마음을 움직일 수 있지? 아무리 애원해도 자기가
만든 피조물에 호의를 보일 수 없단 말인가? 이렇게 당신의 선의와
연민을 갈구하는데도? 내 말을 믿어라, 프랑켄슈타인. 나는 선했고, 내
영혼은 사랑과 박애로 빛났다. 하지만 나는 외롭지 않은가? 참담하게
고독하지 않은가? 내 조물주인 당신이 나를 증오하는데 하물며 내게
아무것도 빚진 바 없는 당신의 동포들은 어떻겠는가? 나를 상대도 하지
않고 증오할 뿐이다. (중략) 나를 혐오하는 그들을 어찌 내가 증오하지
않겠는가? 원수들을 봐줄 생각은 없다. 내가 불행하니 그들도 내
불행을 함께 느껴야만 한다. 하지만 당신은 내 불행을 보상해주고
악행에서 구해줄 수 있다.

_김선형 옮김, 문학동네, 2012, 133~134쪽

빅터 프랭클 산문〈비통과 환멸〉

고향에 돌아왔을 때, 그는 사람들이 자기를 보면 그저 어깨를
으쓱하거나 상투적인 인사치레만 한다는 사실을 알게 된다. 그러면
점점 비통해지면서 자기가 과연 무엇 때문에 그 모든 고통을 겪었는지
스스로에게 묻는다. 거의 모든 곳에서 거의 똑같은 말을 듣는다.
"우리는 그것을 몰랐어요." "우리도 똑같이 고통을 받았어요." 이런
말을 들을 때마다 그는 스스로에게 묻는다. "저 사람들은 정말로
나에게 할 말이 없는 것일까?"
환멸을 경험하는 것은 이와는 또 다른 문제다. 여기서 그가 환멸을
느끼는 것은 사람들이 아니라 그토록 잔인해 보이는 운명 그 자체이다.
몇 년 동안 인간이 겪을 수 있는 시련과 고난의 절대적인 한계까지
가 보았다고 생각했던 사람이 아직도 시련이 끝나지 않았다는 것을,
시련에는 끝이 없으며 앞으로도 더 많은 시련을 더 혹독하게 겪어야
한다는 사실을 깨닫게 된다.

_《빅터 프랭클의 죽음의 수용소에서》, 이시형 옮김, 청아출판사, 2020, 159쪽

정끝별 시 〈밀물〉

가까스로 저녁에서야

두 척의 배가
미끄러지듯 항구에 닻을 내린다
벗은 두 배가
나란히 누워
서로의 상처에 손을 대며

무사하구나 다행이야
응, 바다가 잠잠해서

_《흰 책》, 민음사, 2000

나의 글쓰기 ✏️

공감의 이야기

'공감'이라고 하면 떠오르는 일화가 있나요?

앞서 필사한 글을 모방해도 좋아요.

2. 이해력: 이분법적 구도에서 탈피해 입체적으로 해석하다

아는 사람인데 이해하지 못할 때가 있고, 아는 글자로 이루어진 텍스트인데 이해하기 힘들 때가 있습니다. 간단한 예를 들어 설명해보겠습니다.

세모에 네모를 가져다 끼워 맞추려고 하면 맞춰질까요? 물론 아주 커다란 세모라면 그보다 작은 네모를 끼워 넣을 수 있겠으나 저를 포함해 대부분의 사람이 아직은 작은 세모입니다. 그러니 내가 사고하는 틀이 세모가 아닌가, 네모나 동그라미를 보면서 세모만 찾으려고 하는 것이 아닌가, 세모가 안 보이니까 이상하다고, 도저히 이해하지 못하겠다고 하는 것이 아닌가 스스로 점검할 필요가 있습니다. 도가 지나치면 네모에서 세모만 떼어 와서는 다 이해했다고 주장하는 민망한 상황이 발생합니다.

저는 상대주의적 관점, 다양한 해석 운운하는 것 또한 비슷한 맥락이라 여겨 경계하는 편입니다. 자칫 이해해야 하는 대상을 놓칠 수 있으니까요.

그런데 이 세모는 도대체 어디서 생겨났을까요. 다들 짐작하다시피 답을 맞혀야 성적을 올릴 수 있는 입시 교육에 가장 큰 혐의가 있을 것입니다.

아이러니하게도 우리가 받아드는 세상 대부분의 문제에는 정답이 없습니다. 그렇다고 채점까지 없는 건 아니에요. 채점표를 받아드는 날이 언젠가는 반드시 닥칩니다. 채점 방식은 상대평가가 아닌 절대평가일 가능성이 높고 채점자는 자기 자신일 것입니다. 그때 "이럴 수가! 풀이 과정을 보고 채점하는 거였어? 그것도 모르고 평생 답만 찾으려고 애썼잖아!" 하는 비극이야말로 가장 잔인하고, 제가 가장 피하고 싶은 것입니다. 그러기 위해서는…

내가 세모라는 사실을 알아야 합니다. 상대하는 사물이든, 사람이든 나와 다른 네모나 동그라미 등등이라는 사실을 알아야 합니다. 여기에 하나 더, 나는 세모라서 네모나 동그라미가 될 수 없다는 사실을 알아야 합니다. 이 세 가지 사실을 전지적 관점을 가지고 각각의 관계와 구조를 살피세요. 충분히 조망한 뒤에는 바짝 다가서 요리조리 돌아다녀보고 조목조목 뜯어먹으세요. 이것이 제가 생각하는 이해의 과정입니다. 전작에서 '대화의 반대말은 주장'이라고 쓴 적 있습니다. 이번에는 '이해의 반대말은 평가'라고 써봅니다.

이해하지 못해서 평가하고, 작은 세모가 하는 평가란 대부분 어리석어 실수나 오류가 될 가능성이 큽니다. 세모에 네모를 끼워 맞추려고 하지 마세요. 네모에서 세모만 떼어오지 마세요. 세모는 네모가 될 수 없고, 네모는 세모가 아니에요. 그런데…… 아무리 생각해도 세모들만 살지 않아 참 다

행입니다.

저는 세모라서 늘 네모나 동그라미 등이 궁금합니다. 이해하려고 버둥거리면서 나의 세모가 점점 커지는 것을 느낍니다. 이해하려는 버둥거림이 멈출 때 나의 세모가 쪼그라지는 것을 느낍니다. 그래서 계속 버둥거립니다. 언젠가 네모나 동그라미를 품에 안고 이렇게 고백할 날을 기대합니다.

"이제야 너를 이해할 수 있게 돼서 기뻐." ✏️

김현 산문 〈1987.7.1.〉

나 자신을 포함하여, 이 사회의 제법 잘났다는 지식인들의 병폐
중에 하나는, 모든 역사적 사실을 자질구레한 사실들의 모음으로
변형시켜버려, 그 의미를 희석시켜버리는 데 있다. 예를 들어 민주화만
하더라도, 누구는 뭐라더라, 뭐는 뭐라더라, 라는 식이고, 그것이 더
악화되면, 거짓 우스갯소리로 진전해나간다. 그것은 우리가 진지하고
성숙하게 역사적 사실의 의미를 숙고하는 버릇을 갖고 있지 못함을
입증하며, 그만큼 우리가 억압되어 있음을 나타낸다. 억압은 바로
사실을 사실로 직시하지 못하게 하는 마음의 움직임을 지칭한다.

_《행복한 책읽기》, 문학과지성사, 2015, 143쪽

마거릿 애트우드 산문 〈어떻게 세상을 바꾸죠?〉

'어떻게 세상을 바꿀 것인가?' 앞의 정의들에 따르면 이 질문은 거의 언어도단입니다. 표면상 터무니없는 질문이에요. 세상을 바꾼다는 것 자체가 불가능한 과제니까요. 우리―작고 보잘 것 없는 개체들―는 우리의 능력을 그 정도까지 과대평가하지 않습니다.

우리는 우리 개개인에게 세상을 바꿀 힘이 있다고 생각하지 않으며, 설사 그런 힘이 있다 해도 제정신인 사람이라면 우리에게 그 힘을 제대로 쓸 지혜가 없다는 것을 압니다. 우리 각각에게 어떤 명령이든 들어주는 마법의 지팡이가 주어진다고 칩시다. 그렇다 해도 우리가 과연 어떤 명령을 어떻게 내려야 할지 알 수 있을까요? 대개의 소원 설화들에서처럼, 우리가 재앙을 부르는 선택을 하지 말란 법이 없습니다.

_《타오르는 질문들》, 이재경 옮김, 위즈덤하우스, 2022, 319쪽

니코스 카잔차키스 소설 《그리스인 조르바》

나는 어느 날 아침에 본, 나뭇등걸에 붙어 있던 나비의 번데기를
떠올렸다. 나비는 번데기에다 구멍을 뚫고 나올 채비를 하고 있었다.
나는 잠시 기다렸지만 오래 걸릴 것 같아 견딜 수 없었다. 나는 몸을
굽혀 입김으로 데워 주었다. 열심히 데워 준 덕분에 기적은 일어나야
할 속도보다 빠른 속도로 내 눈앞에서 일어나기 시작했다. 집이
열리면서 나비가 천천히 기어 나오기 시작했다. 이어진 순간의 공포는
영원히 잊을 수 없을 것이다. 나비의 날개가 도로 접히더니 쪼그라들고
말았다. 가엾은 나비는 그 날개를 펴려고 파르르 안간힘을 썼다. 나는
내 입김으로 나비를 도우려고 했으나 허사였다. 번데기에서 나오는
과정은 참을성 있게 이루어져야 했고, 날개를 펴는 과정은 햇빛을
받으며 서서히 진행되어야 했다. 그러나 때늦은 다음이었다. 내 입김은
때가 되기도 전에 나비를 날개가 온통 구겨진 채 집을 나서게 강요한
것이었다. 나비는 필사적으로 몸을 떨었으나 몇 초 뒤 내 손바닥 위에서
죽고 말았다. 나는 나비의 가녀린 시체만큼 내 양심을 무겁게 짓누른
것은 없었다고 생각한다. 오늘날에야 나는 자연의 법칙을 거스르는
행위가 얼마나 무서운 죄악인가를 깨닫는다. 서둘지 말고, 안달을
부리지도 말고, 이 영원한 리듬에 충실하게 따라야 한다는 것을 안다.

_이윤기 옮김, 열린책들, 2009, 211쪽

신영복 산문〈희망의 언어, 석과불식〉

사람을 키우는 일이야말로 그 사회를 인간적인 사회로 만드는 일입니다. 사람은 다른 가치의 하위 개념이 아닙니다. 사람이 '끝'입니다. 절망과 역경을 '사람'을 키워 내는 것으로 극복하는 것, 이것이 석과불식의 교훈입니다. 최고의 인문학이 아닐 수 없습니다. 욕망과 소유의 거품, 성장에 대한 환상을 청산하고, 우리의 삶을 그 근본에서 지탱하는 정치·경제·문화의 뼈대를 튼튼히 하고, 사람을 키우는 일 이것이 석과불식의 교훈이고 희망의 언어입니다. (중략) '석과불식'은 한 알의 작은 씨 과실에 관한 이야기입니다. 그러나 한 알의 씨 과실은 새봄의 싹이 되고 나무가 되고 숲이 되는 장구한 여정으로 열려 있는 것입니다. 결코 작은 이야기가 아닙니다.

_《담론》, 돌베개, 2015, 422~423쪽

• **석과불식**(碩果不食) : 나무에 열린 가장 큰 과실은 먹지 않고 남긴다.

에티엔 드 라 보에시 산문
〈습관, 자발적 복종의 첫 번째 이유〉

인간이 지니는 모든 것들—무엇을 먹고 살며 어떤 습관을 갖고 있는지
등—의 문제는 자연스럽게 타고난 것처럼 보이지만 단지 타고난 본성이
그러할 뿐, 이후 사람이 갖추게 되는 성품은 교육과 양육 방식에 의해
길들여지는 것이다.

우리는 여기서 자발적 복종의 일차적 근거가 습관이란 사실을
발견한다. 그것은 마치 말이 길드는 과정과 같다. 말에 재갈을
채우면 처음에는 재갈을 물어뜯다가 나중에는 익숙해져 재갈을 갖고
장난질한다. 말에 안장을 얹으면 처음에는 격렬하게 반항하지만
시간이 흐르면 자신을 짓누르는 무거운 장비와 장신구를 뽐낸다.

_《자발적 복종》, 심영길, 목수정 공동 옮김, 생각정원, 2015, 81쪽

박홍순 산문 〈삼등 열차 안에서〉

삶의 고단함은 인간에게서 서로에 대한 따뜻한 시선마저 앗아가 버린다. 매일의 삶이 고된 노동의 연속일 때, 그리하여 세포와 신경 하나하나에까지 피로가 축적되어 있을 때 우리는 타인의 삶에 관심이나 애정을 갖기가 힘들다. 하루를 능동적으로 살아가기보다는 수동적으로 힘겹게 밀어내는 느낌일 때는 타인의 시선조차 무겁게 느껴진다. 서로의 시선이 부담스러운 상황에서 대화를 나누는 것은 즐거움이 아니라 노동의 연장으로 다가온다. (중략) 사회 구성원 서로 간의 대화 단절과 거리감 확대는 개인적인 성격의 문제도 우연한 현상도 아니다.

_《미술관 옆 인문학》, 서해문집, 2011, 267쪽

가쿠다 미쓰요 소설《종이달》

무수한 '만약'의 끝에 '이렇게는 되지 않았을 거야'라는 생각을
계속했지만, 그러나 그 몇 개의 '만약'을 선택했다고 해도 '이렇게'
됐지 않았을까 하는 생각을 하다 보니, 망연해지다가 이어서 천천히
소름이 돋았다. 그러나 생각해봐야 소용없다는 것도 알고 있다. 무수한
'만약'을 자신은 선택하지 않았고, 그리고 1997년, 거의 동시에 두
가지 일은 일어났다.

_권남희 옮김, 위즈덤하우스, 2014, 184~185쪽

폴 오스터 소설《기록실로의 여행》

그건 당신 잘못이 아니에요. 당신은 해야 할 일을 했고 그다음에
일이 벌어진 거죠. 좋은 일하고 나쁜 일이 모두. 그게 세상 돌아가는
이치예요. 우리는 고통 받는 사람일 수도 있지만 거기에는 그럴 만한
이유, 합당한 이유가 있고, 그것에 대해서 불평을 하는 사람은 살아
있다는 것이 무슨 뜻인지 이해를 하지 못하는 거죠.

_황보석 옮김, 열린책들, 2007, 43쪽

루이제 린저 소설《생의 한가운데》

우리는 영웅이 아니야. 다만 때때로 영웅 노릇을 해 볼 뿐이지. 우리는
모두 약간 비겁하고 계산 빠르고 이기적이고 위대함에서는 먼 존재야.
그리고 나는 바로 그걸 그리고 싶었어. 우리가 동시에 선량하고 또
악하고 영웅적이고도 비겁하고 인색하고도 관대하다는 것, 모든 것이
밀접하게 서로 붙어 있어서 구분할 수 없다는 것, 그리고 한 사람에게
나쁜 짓이건 좋은 짓이건 어떤 행동을 하도록 한 것이 무엇인가를 아는
것은 불가능하다는 것을 그리고 싶었어. 모든 것이 그렇게 무섭고
복잡하게 혼란한데 모든 것을 다 간단하게 만들려는 인간이 나는 싫어.

_전혜린 옮김. 문예출판사, 1998, 147쪽

카렐 차페크 희곡 〈로봇의 의미〉

흔히들 이야기하듯이 고상한 진실과 사악하고 이기적인 잘못 사이에
투쟁이 벌어지는 것이 아니라, 인간적인 하나의 진실이 그에 못지않게
인간적인 다른 진실과 대립하는 것, 이상이 다른 이상과, 긍정적인
가치가 역시나 긍정적인 다른 가치와 대립하는 것, 이것이야말로 현대
문명에서 가장 극적인 요소라고 본다.

_《로봇》, 김희숙 옮김, 모비딕, 2015, 189쪽

이병률 산문 〈심장이 시켰다〉

여행의 많은 순간순간들을 극한 지경으로 몰다보면 그 안에서 선명한
쾌감을 만난다. 막막히 갈 곳도 없고 깊은 밤이 되어 눈 붙일 데가
마땅하지 않아도 그 상황 속에서 서성이다보면 이상할 정도로 강렬한
그 무엇에 대한 애착도 느끼게 된다. 적어도 거지가 아니라 여행자라고
스스로를 토닥이며, 이미 멀리 떠나 있다는 것만으로 충분히 세상
그 어떤 순간과도 비교할 수 없는 상태에 깊숙이 빠져 즐기고 있기
때문이다. 달라진 그 친구에게 사람들은 물었다. 무엇이 너를 그렇게
바꾸어놓았느냐고.
"내가 살고 있는 세상이 넓다고 생각했는데 내가 사는 곳은 단지
세상의 조각에 불과했어. 나하고 정말 다른 사람들을 만나면서 난 겨우
그 사실을 알았고 그건 충격이었지. 다른 기후 속에서 생각을 하고,
다른 음식을 먹고, 다른 꿈을 살고 있었지. 나의 정반대 쪽에 살고
있는 사람들은 적어도 그 시간에 깨어나서 치열하게 뭔가를 붙들고
있었거든. 난 가능한 한 세상의 모든 경우들을 만나볼 거야."

_《바람이 분다 당신이 좋다》, 달, 2012

빌 브라이슨 산문 〈거의 모든 것의 역사-서문〉

당신이 아주 오래전부터 적절한 진화의 길을 따라오게 된 것도
행운이었지만, 당신의 가정에서 태어날 수 있었던 것도 역시
기적이었다. 지구에 산이나 강이나 바다가 생기기도 훨씬 전이었던
38억 년 전부터, 당신의 친가와 외가의 선조들이 한 사람도 빠짐없이
모두 짝을 찾을 수 있을 정도로 매력적이었고, 자손을 낳을 수 있을
정도로 건강하게 오래 살 수 있었던 운명과 환경을 지니고 있었다는
사실은 정말 놀라운 일이다. 당신의 조상 중에서 어느 누구도 싸움이나
병으로 일찍 죽지도 않았고, 물에 빠지거나 굶거나 길을 잃고 헤매다가
죽어버리지도 않았으며, 방탕에 빠지거나 부상을 당하지도 않았고,
적절한 순간에 적절한 짝에게 아주 적은 양의 유전물질을 전해주어서
결국은 놀랍게도 아주 짧은 순간이기는 하지만 당신을 존재하도록
해주는 유일한 유전 조합을 만드는 일까지도 외면하지 않았다.

_《거의 모든 것의 역사》, 이덕환 옮김, 까치(까치글방), 2020, 16쪽

나의 글쓰기 ✏️

새로운 관점의 발견

세모로서 네모나 동그라미들의 글을 필사하며

새로 이해한 이야기가 있나요?

---

3. 통찰력: 예리한 관찰력으로 사물이나 현상을 꿰뚫어 최선을 알다

"책 읽는다고 밥이 나오냐, 떡이 나오냐?"

"시간 아깝게 시, 소설 나부랭이 같은 건 뭐한다고 읽어?"

"쓸데없이 책만 많이 읽어가지고 현실적이지를 못해."

수십 년 동안 제가 끊임없이 들었던 말들입니다. 솔직히 고백하면 저는 그런 말들에 별다른 타격을 입지 않았습니다. 책에 대한 믿음이 확고했으니까요. 그러니 당연히 반격할 필요도 없었습니다. 그저 속으로 이 생각 하나만 했던 거 같습니다. '두고 보자.'

과거에 그렇게 말했던 어른들, 친구들이 수십 년이 지나 이제는 저에게 이런저런 괴롬을 토로하고 조언을 구합니다. 심지어 이런 평가까지 내리기도 합니다.

"네가 잘 산 거였어. 그렇게 살아야 하는 거였어." 그런 말을 들으면 두고 보자 했던 과거의 제가 떠오릅니다. 하나도 통쾌하지 않습니다. 마음이 영 아립니다. 어쩌면 이런 일들의 반복이 저로 하여금 글을 쓰게 만드는 것일지 모르겠습니다.

책에 대한 확고한 믿음의 정체를 딱 한 개의 어휘로만 정의 내린다면 저에게는 '통찰력'입니다. 책을 읽는다고 밥이나 떡이 나오지 않습니다. 밥이나 떡보다 훨씬 값진 통찰력이 나옵니다. 인생 백 년을 살아도 얻기 힘든 그것을 꾸준히 10년, 20년만 읽어도 갖출 수 있습니다. 우리가 통찰력을 갖추지 못하는 가장 큰 원인은 보고 싶지 않은 것을 계속 보지 않으려 하는 데 있습니다. 그러나 보고 싶은 것만 보려 하는 것이야말로 현실성이 결여된 것 아닐까요.

책은 내게 익숙하지 않은 것, 내 안에서 보고 싶지 않았던 것들을 끌어내 마주 보게 합니다. 그러니 어렵고 불편할 수밖에 없습니다. 책을 읽는다는 것은 책을 읽기 전의 나와 읽은 후의 나가 마주 바라보는 것입니다. 이런 경험을 축적하면 대상과 사물을 바라보는 관점이 달라집니다.

이전에는 양은 냄비에서 뜨거운 불에 볶이는 콩알 같아서 '아이고, 뜨거워서 못 살겠네' 하는 식이었다면 이후에는 뜨거운 불로 콩을 볶고 있는 양은 냄비를 바라보는 관점이 돼서 콩을 다 볶았는지 덜 볶았는지, 언제 불을 꺼야 하는지 혹은 더 키워야 하는지 알고 최선의 행동을 할 수 있게 됩니다.

앞서의 문장에서 언제 불을 꺼야 하는지 혹은 더 키워야 하는지 아는 것이 '통찰력'입니다. 통찰력은 우리를 '냄비에서 볶이는 콩'에서 '콩 볶는 냄비 주인'으로 변신시켜줍니다. 또한 '리터러시'의 최종 목표이기도 합니다.

문식성, 문해력 등으로 번역하는 리터러시는 표면적으로 글을 읽고 이해하는 능력이지만 궁극적인 목적은 글을 이해하고 씀으로써 소통하고 문제를 해결하며 미래에 대비하는 데 있습니다. 그 일을 보다 수월하게 해주는 힘이 '통찰력'입니다. 리터러시를 통해 통찰력을 기를 수 있고, 통찰력이 리터러시의 궁극적인 목적을 이루게 해주는 셈이지요.

통찰력은 육감이 아닙니다. 타인의 세계에 응답할 줄 아는 공감력과 텍스트를 입체적으로 해석하고 맥락을 찾아내는 이해력, 이에 더해 보고 싶지 않은 현상을 예리하게 관찰하고 창의력을 발휘해 최선의 방향을 알아내는 것입니다. 창의력을 '새로운 것을 생각해 내는 능력'으로 풀이하는데 이는 무에서 유를 창조한다기보다 '콜럼버스의 달걀'처럼 발상의 전환에 가깝습니다. 고정관념을 깨고 새로운 의미와 용법을 부여해 활용할 줄 아는 것이지요.

흔히 최고의 지성이라고 할 때는 바로 이 '통찰력'을 일컫습니다. '최고'라거나 '지성'이라는 어휘에 압도되지 마세요. 통찰력은 우리 모두에게 필요합니다. 상식과 기준이 무너지고 혼란스러운 시대에는 더욱 그러합니다. 인생이 전쟁터와 같다면 통찰력은 최소한 방탄조끼가 돼줄 수 있습니다. 그러나 독설 같지만 자기와 똑같은 사람이나 똑같은 수준의 텍스트에서는 통찰력을 배울 수 없어요. 어쩔 수 없이 통찰력은 껄끄러운 것과 부딪혀 깨지는 데서 옵니다.

그러니 통찰력을 얻고 싶다면 기꺼이 부딪히고 깨지세요. 그렇다고 깨지기만 하면 곤란해요. 거듭되면 두려워서 뒷걸음질 치게 되니까요. 목적을 가지고 깨지세요. 깨우침을 얻고야 말겠다는 각오로 자진해서 열렬하게 깨지세요. 깨져서 깨칠 때마다 내 머리가 눈부시게 각성하고 눈앞이 시원하게 트이는 환희를 탐내세요. ✏️

파스칼 메르시어 (페터 비에리) 소설
《리스본행 야간열차》

사람들은 자기 자신에게 무엇이 없는지 알지 못해요.

그게 나타나기 전까지는 말이에요. 그러다가 그게 나타나면 단 한

순간에 확실해지지요.

_전은경 옮김, 비채, 2022

마틴 슐레스케 산문〈당신은 사랑받는 사람〉

사랑을 믿지 않는 사람은 주변 세계에 늘 자기를 증명하려 합니다.
자기가 얼마나 괜찮은 사람인지 보여 주려고 하지요. 하지만 그렇게
끝없이 자기를 증명하는 일은 결국, 자신은 물론이고 주변 사람까지
망치고 맙니다. 사랑의 위로를 모르고 자기가 어떤 존재인지 모르는
사람은 늘 허기집니다. 그런 허기는 무엇으로도 채울 수 없습니다.
삶을 위로하고 의미를 부여해 주는 '별'이 꺼지면 영혼의 '블랙홀'만
남습니다. 자기 증명, 욕심, 걱정, 의무, 두려움은 모든 것을 삼키고도
만족을 모르는 블랙홀과 같습니다. 겉으로는 그럴 듯해 보이지만,
속으로는 평화와 안식을 모르고 살아갑니다. 우리는 흔히 더 많이
일하고, 더 많이 노력하고, 불만족스러운 것을 더 많이 해결하면,
더 행복하고 평온한 삶이 오리라 믿습니다. 그러나 번번이 자기를
증명하고자 뼈아픈 노력을 기울이는 삶은 허기만 더합니다. 만족을
모르는 공허감이라는 탐욕스러운 지방 세포를 키울 뿐이지요.

_《가문비나무의 노래》, 유영미 옮김, 니케북스, 2014, 66~67쪽

이청준 소설《이어도》

사람들은 때로 사실에서보다 허구 쪽에서 진실을 만나게 될 때가
있지요. 그런 때 사람들은 그 허구의 진실을 사기 위해 쉽사리 사실을
포기하는 수가 있습니다. 꿈이라고 해도 아마 상관없겠지요. 천남석이
이어도를 만난 것도 아마 그 사실이라는 것을 포기했을 때 비로소
가능했을 겁니다. 그가 주변의 가시적 현실을 모두 포기해버렸을 때
그에게 섬이 보이기 시작했단 말입니다.

_문학과지성사, 2015, 173~174쪽

버트런드 러셀 산문 〈걱정의 심리학〉

나의 행동은 내가 흔히 생각하는 것만큼 중요한 것은 아니며, 결국
내가 성공하느냐 실패하느냐 또한 그리 중요한 일이 아니다. 인간은
아무리 큰 슬픔도 이겨낼 수 있다. 마치 인생의 행복을 끝장나게 할
것처럼 보이던 심각한 고민도 시간이 지남에 따라 차츰 사그라져,
나중에는 그 고민이 얼마나 강렬했는지조차 거의 기억할 수 없게 된다.
자기중심적 사고에서 벗어나면 자신의 자아는 세상에서 그리 큰
부분을 차지하지 못한다는 것을 알게 된다. 자신의 생각과 희망을
자아를 넘어선 어떤 것에 집중할 수 있는 사람은 일상생활의 걱정거리
속에서도 어느 정도 평화를 얻을 수 있다. 이것은 완전히 자기중심적인
사람에게는 불가능한 일이다.

_《행복의 정복》, 이순희 옮김, 사회평론, 2005, 81쪽

김대현 산문 〈수경水境〉

물이 흐르는 길은 모나고 둥글고 굽고 곧음이 천 가지로 다르고 만
가지로 다르다. 그러나 물이 일찍이 제 마음을 갖고 있지 않다. 그런
까닭에 고요히 괴었을 때에도 평등하고, 움직일 때에도 평등한 것이다.
거울에 비치는 물형은, 곱고 추하고 검고 희고 한 것이 천 가지로
다르고 만 가지로 차이가 있다. 그러나 거울은 일찍이 제 마음을 갖고
있지 않다. 그런 까닭에 물형이 와서 비치는 것도 제 마음대로이고
물형이 가 버리는 것도 제 마음대로이다.

취하고 꿈꾸며, 놀라고 겁내며, 즐겨 하고 성내며, 사랑하고 미워하며,
옳다 하고 그르다 하는 생각들이 심성心性을 흔들어 혼란케 하여
자유자재하지 못하게 만든다.

마음이 외물外物과 교섭交涉을 가지면 정식情識이 마음을 인도引導하게
된다. 마음이 정식을 따라다니면 비록 지혜 있는 사람일지라도 또한
꿈속으로 빠져 들어간다. 적어도 꿈꾸는 마음을 엿볼 수 없다면 어찌
그 평등. 불평등. 자재自在. 부자재不自在를 알 수 있겠는가.

_《술몽쇄언》, 남만성 옮김, 을유문화사, 2004, 329~330쪽

• **정식**(情識) 몡 : 감정과 지식을 아울러 이르는 말.

마하트마 간디 산문 〈생각 2〉

세상은 서로 반대되는 것들로 가득하다. 행복 뒤에는 슬픔이 있고,
슬픔 뒤에는 행복이 있다. 햇빛이 비치는 곳이면 어디든 그늘이 있고,
빛이 있는 곳이면 어두움이 있게 마련이다. 태어남이 있는 곳에는
죽음이 있다.
무집착은 이러한 상반된 것들에 영향을 받지 않는다. 이들을 이겨
내는 길은 이들을 없애 버리는 데 있는 것이 아니라, 이들을 뛰어넘고
일어나 집착으로부터 완전히 자유로워지는 데 있다.

_《날마다 한 생각》, 함석헌, 진영상 옮김, 삼인, 2019, 48쪽

루키우스 안나이우스 세네카 산문
〈운명과 말다툼하지 않고〉

"이런 일이 일어날 줄 몰랐지?" 또는 "너는 이런 일이 일어날 줄 알았니?" 왜 안 일어난단 말인가? 궁핍과 기근과 걸식이 바싹 뒤따르지 않는 부가 어디 있단 말인가? 자포紫袍와 사제의 지팡이와 사치스런 신발에 불결함과 치욕의 낙인과 수천 가지 오점과 극심한 경멸이 따라다니지 않는 명망이 어디 있단 말인가? 파괴와 전복과 참주와 사형집행인을 맞게 되어 있지 않은 왕국이 어디 있단 말인가? 이런 것은 서로 멀리 떨어져 있는 것이 아닐세. 옥좌에 앉느냐 옥좌 아래 부복하느냐는 간발의 차이에 불과하다네. 모든 상황은 바뀔 수 있으며, 누군가에게 일어난 일은 자네에게도 일어날 수 있음을 알아두게나!

_《인생이 왜 짧은가》, 천병희 옮김, 숲, 2005, 109쪽

- **궁핍** 명 : 몹시 가난함.
  유의어) 빈곤. 빈궁. 궁색.
- **기근** 명 : 최소한의 수요도 채우지 못할 만큼 심히 모자라는 상태를 비유적으로 이르는 말.
  유의어) 부족. 기아. 굶주림.
- **바싹** 부 : 아주 가까이 달라붙거나 죄는 모양.
  유의어) 바투. 거침없이. 가까이.
- **자포** 명 : 매우 훌륭한 옷이나 예복.
- **전복** 명 : 사회 체제가 무너지거나 정권 따위를 뒤집어엎음.
  유의어) 타도.
- **참주** 명 : (역사) 고대 그리스의 여러 폴리스에서 비합법적 수단으로 지배자가 된 사람.
- **부복**(俯伏) 명 : 고개를 숙이고 엎드림
  (부복(仆伏) : 넘어져 엎드림. 부복(扶伏) : 배를 땅에 대고 기어감.)

장자 〈제물론(齊物論, 만물을 고르게 하는 이론) 제이第二〉

옛사람의 예지叡智에는 최고의 경지에 다다른 데가 있었다. [그럼] 어떤 경지에 다다랐는가? 애초 사물이란 없다고 생각하는 [무無의] 경지이다. 지극하고 완전하여 더 이상 아무것도 덧붙일 수가 없다. 그 다음 경지는 사물이 있다고 생각하지만 거기에 구별을 두지 않는 (사물과 자아가 하나라는) 경지이다. 그 다음은 구별이 있다고 생각하지만 거기에 시비를 고려하지 않는 입장이다. 시비가 나타나면 도가 파괴되는 원인이 되고, 도가 파괴되면 또한 편애(애증)가 이루어지는 원인이 된다. [그러나 여기서 파괴라 하고 이루어진다 했지만] 과연 완성과 파괴가 있는 것일까? [아니면] 과연 완성과 파괴는 없는 것일까?

_《장자》, 안동림 역주, 현암사, 2010, 65~66쪽

- **예지** 명 : 사물의 이치를 꿰뚫어 보는 지혜롭고 밝은 마음.
- **경지** 명 : 학문, 예술, 인품 따위에서 일정한 특성과 체계를 갖춘 독자적인 범주나 부분.
- **사물** 명 : 물질세계에 있는 모든 구체적이며 개별적인 존재를 통틀어 이르는 말.
- **지극하다** 명 : (어떤 대상에 대하여) 더할 수 없이 정성을 다하는 태도가 있다.
- **완전하다** 명 : 필요한 것이 모두 갖추어져 모자람이나 흠이 없다.
- **구별** 명 : 성질이나 종류에 따라 갈라놓음.
- **시비** 명 : 옳음과 그름.
- **애증** 명 : 사랑과 미움을 아울러 이르는 말.

- **도** 몡 : 마땅히 지켜야 할 도리.
- **완성** 몡 : 완전히 다 이룸.
- **파괴** 몡 : 때려 부수거나 깨뜨려 헐어버림.

정민 산문 〈스님! 무엇을 봅니까?〉

타고 남은 재에서 단지 허무와 공적만을 본다면 그것은 깨달음이랄 수도 없다. 그처럼 그칠 줄 모르며 타는 나의 가슴이 있어, 재가 되고 허공이 된 뒤에도 허무적멸로 스러지지 않고 알 수 없는 향기가 되고 작은 시내의 노래가 되며, 오동잎의 파문이 되어 온 우주를 껴안을 수 있게 되는 것이다.

_《비슷한 것은 가짜다》, 태학사, 2020, 219쪽

- **공적** 명 : 노력과 수고를 들여 이루어낸 일의 결과.
- **허무적멸**(虛無寂滅) 명 : 이 세상에 형상 있는 모든 것은 결국은 다 없어지고 만다는 것.
- **스러지다** 동 : 1. 형체나 현상 따위가 차차 희미해지면서 없어지다.
                    2. 불기운이 약해져서 꺼지다.
                    유의어) 사라지다. 이울다. 퇴색되다. 퇴색하다.

오스카 와일드 산문〈문학, 비평, 저널리즘: 당신
자신을 창조하라, 스스로를 자신의 시가 되게 하라〉

삶과 문학을 연구하면 할수록, 모든 황홀한 것들 뒤에는 개인이 있고,
시대가 인간을 만드는 게 아니라 인간이 시대를 창조하는 것이라는
생각이 더욱더 확고해진다.

_《오스카리아나》, 박명숙 옮김, 민음사, 2016, 309쪽

윌리엄 셰익스피어 희곡《맥베스》

전의: 너무 많은 생각 때문에 마음이 괴로우셔서
편히 쉬지를 못하시옵니다.

맥베스: 왕비를 치료해 주시오.
마음의 병을 고치지 못한다면
기억에서 뿌리 깊은 슬픔을 제거해 주시오.
뇌에 박힌 고민들을 잘라 내달란 말이오.
달콤한 망각의 약으로
그녀의 마음을 억누르는 그 끔찍한 것들을
가슴에서 씻어 내주시오.

전의: 그런 경우에는 환자 자신이 스스로를 통제해야만 하옵니다.

_권오숙 옮김, 열린책들, 2010, 133쪽

산도르 마라이 소설《열정》

다 지나간 지금, 자네는 사실 삶으로 대답했네. 중요한 문제들은
결국 언제나 전 생애로 대답한다네. 그동안에 무슨 말을 하고, 어떤
원칙이나 말을 내세워 변명하고, 이런 것들이 과연 중요할까? 결국
모든 것의 끝에 가면, 세상이 끈질기게 던지는 질문에 전 생애로
대답하는 법이네. 너는 누구냐? 너는 진정 무엇을 원했느냐? 너는
진정 무엇을 할 수 있었느냐? 너는 어디에서 신의를 지켰고, 어디에서
신의를 지키지 않았느냐? 너는 어디에서 용감했고, 어디에서
비겁했느냐? 세상은 이런 질문들을 던지지. 그리고 할 수 있는 한,
누구나 대답을 한다네. 솔직하고 안 하고는 그리 중요하지 않아.
중요한 것은 결국 전 생애로 대답한다는 것일세.

_김인순 옮김, 솔, 2016, 155쪽

나의 글쓰기 ✏️

통찰력을 갖춘
나의 모습 상상하기

통찰력을 가진 당신의 머잖은 미래는 어떤 모습일까요.

4. 자기조절력: 감정이나 생각 등의 고삐를 쥐어 균형을 잡다

흔히 마음먹은 대로 된다고들 합니다. 동서고금에 다 있는 이 메시지를 부정하는 사람은 없을 것입니다. 문제는 마음을 먹기가 도무지 쉽지 않다는 데 있습니다. 대부분의 경우 내가 먹기 전에 마음이 나를 먹고 있습니다. 참고로 흔히 쓰는 '마음 가는 대로'라는 말은 이럴 때 하라고 있는 말이 아닙니다. 자기조절력이 전무한 상태에서 하는 '마음 가는 대로'는 허랑방탕한 일생과 멀지 않습니다.

한편으로 세상에서 제일 단속하기 힘든 대상이 내 마음인지라 어떤 날은 마음에 질질 끌려 다니고 다음날은 부끄러워하고 미래를 걱정하면서 다시 다잡기를 반복합니다. 성공한 사람들의 공통점을 딱 한 가지만 꼽으라고 한다면 '자기조절력'이 아닐까 싶습니다.

일생은 차치하고 뭐 하나라도 성공시키려면 자기조절력이 필요하다는 사실을 우리는 알고 있습니다. 무엇보다 감정을 조절할 수 있다면 무슨 일이 생겨도 몸과 마음이 평안하지요. 그런데 그러기로 마음먹기가 참 쉽지 않습니다. '자기조절'이라는 어감이 썩 좋지도 않아서 마치 스스로를 감옥에 가두기로 각오하는 것처럼 느껴지기도 합니다. 만약 그렇다면 '자기조절'에 대한 오해가 작동한 탓이 큽니다. 무조건 참고 견디라는 것이지요.

'무조건'은 무조건 잘못된 경우가 많습니다. 참고 견디는 선택은 어디까지나 스스로 하는 것이어야 합니다. 이때 동기부여가 명확한 스토리를 만들어 상상하고 되새기는 것은 즐겁게 참고 견디는 데 도움을 줍니다. 그렇지만 동기는 성취 혹은 실패함으로써 곧 사라지기 마련이니 진정한 '자기조절력'과는 거리가 있어 보입니다.

진정한 자기조절력을 갖기 위해서는 우선 자신의 마음 상태를 있는 그대로 인식하고 선명한 '감정 어휘'로 표현하는 것이 필요합니다. 그리고 감정이 나를 괴롭히는 게 아니라 감정에 대한 자신의 반응이 나를 괴롭힌다는 사실을 알아야 합니다. 더는 감정에 괴롭힘을 당하지 않으려면 감정에 대한 자신의 반응을 조절하면 되겠지요. 저는 이것이 자기조절력이라고 생각합니다. 감정을 바꾸는 게 아니라 감정에 대한 반응을 바꾸는 거지요. 이때 도움을 줄 수 있는 것이 공감력과 이해력, 통찰력입니다.

어떤 감정이든 어떤 마음 상태이든 모두 합당한 근거가 있어서 그러한 것이니 무작정 틀어막으려 하지 말고 나의 마음이 나에게 허심탄회하게 털어놓을 수 있도록 공감력을 발휘하세요 (섣불리 타인에게는 말하지 마세요). 그런 다음 앞서 이야기한 이해력과 통찰력을 발휘하도록 하세요. 자기조절력은 자기 이해에서 시작되고, 어떻게 상황에 대처해야 하는지는 통찰력에 달려 있습니다.

지금까지 필사한 문장 모두 그리고 필사하는 행위 자체가 '자기조절력'을 기르는 방법이기도 합니다. 이번 장에서는 감정이나 생각을 조절하기 힘들 때마다 틈틈이 꺼내 읽어도 좋을 문장들로 구성해보았습니다.

존 파울즈 소설《프랑스 중위의 여자》

인생은 결코 상징이 아니며 수수께끼도 아니고, 따라서 수수께끼를
푸는 데 실패하는 일도 있을 수 없다는 것을 그는 이미 깨닫기
시작했다. 인생은 하나의 얼굴에만 존재하는 것도 아니고, 주사위를 한
번 던져 내기에 졌다고 해서 포기해 버릴 수 있는 것도 아니다.

_김석희 옮김, 열린책들, 2004, 606쪽

• **끝장** 명 : 1. 일이 더 나아갈 수 없는 막다른 상태.
　　　　　 2. 실패, 패망, 파탄 따위를 속되게 이르는 말.
　　　　　 유의어) 끝. 끝판. 마지막. 종국.
• **체념하다** 동 : 희망을 버리고 아주 단념하다.
　　　　　　 유의어) 단념하다. 포기하다.

윌리 로니스 산문〈몽트뢰유의 보헤미안, 1945〉

내 인생은 실망으로 가득 차 있으나 커다란 기쁨도 있다. 나는 다른 사람들을 위로해줄 수 있는 이런 기쁨의 순간을 포착하고 싶다. 삶이 슬그머니 아는 척을 해오면 감사하다. 우연과의 거대한 공모가 있다. 그런 것은 깊이 느껴지는 법이다. 그러면 그것에 감사하자. 내가 '의외의 기쁨'이라 명명하는 것이 바로 그것이다. 머리에 꽂은 핀처럼 사소한 상황들. 바로 전에는 아무것도 없었다. 바로 뒤에도 아무것도 없다. 그러니 늘 준비해야 한다.

_《그날들》, 류재화 옮김, 이봄, 2015, 89〜90쪽

- **포착하다** 동 : 1. 꼭 붙잡다.
  2. 요점이나 요령을 얻다.
  3. 어떤 기회나 정세를 알아차리다.
  유의어) 붙잡다. 알아차리다. 터득하다. 파악하다.
- **슬그머니** 부 : 1. 남이 알아차리지 못하게 슬며시.
  2. 혼자 마음속으로 은근히.
  3. 힘을 들이지 않고 천천히.
  유의어) 가만히. 넌지시. 몰래. 살그머니. 살며시. 살짝. 슬며시. 은근히.
- **의외** 명 : 전혀 생각이나 예상을 하지 못함.
  유의어) 꿈밖. 뜻밖. 예상외.
- **늘** 부 : 계속하여 언제나.
  유의어) 항상. 잘. 자꾸. 으레. 언제나. 노상. 매번.

박노해 시 〈호랑이 잡는 법〉

나 어릴 때부터 겁이 많아서

천둥번개가 치거나 밤길을 걸을 때면

할머니는 손을 꼭 잡아주며 말씀하셨지

아가, 담대하그라

예전에 소 먹이러 갔다가

호랑이를 만나 도망치면

소와 사람이 다 잡아먹히지만

사람이 두 눈 똑바로 뜨고

소 고삐를 잡고 격려하면

소가 뿔로 호랑이를 잡는단다

사람이 눈 감고 등을 돌리면

이미 두려움이 그를 잡아먹어서

있는 힘도 못쓰는 법이란다

네 마음의 고삐를 쥐고

두려움을 직시하면

호랑이도 물리치는 게 사람이다.

그러니 아가, 담대하그라.

_'숨고르기' 중에서

- **담대하다** 형 : 겁이 없고 배짱이 두둑하다.
　　　　　　유의어) 대담하다. 대범하다. 용감하다. 용맹하다.
- **고삐** 명 : 말이나 소를 몰거나 부리려고 재갈이나 코뚜레, 굴레에 잡아매는 줄.
　　　　－굴레 명 : 1. 말이나 소 따위를 부리기 위하여 머리와 목에서 고삐에 얽어매는 줄.
　　　　　　　　　 2. 부자연스럽게 얽매이는 일을 비유적으로 이르는 말.
　　　　－멍에 명 : 1. 수레나 쟁기를 끌기 위하여 마소의 목에 얹는 구부러진 막대.
　　　　　　　　　 2. 쉽게 벗어날 수 없는 구속이나 억압을 비유적으로 이르는 말.
　　　　－길마 명 : 짐을 싣거나 수레를 끌기 위하여 소나 말 따위의 등에 얹는 기구.

바딤 젤란드 산문 〈펜듈럼〉

삶에서 어떤 것을 원하지 않는다면, 거기에 대해 생각하기를 멈추고
그것을 담담하게 지나쳐가라. 그러면 그것은 당신의 삶에서 사라질
것이다. 삶 밖으로 어떤 것을 내던진다는 것은 그것을 회피하라는 것이
아니라 그냥 무시하라는 뜻이다. 회피하는 것은 어떤 것을 자기 삶
속으로 들어오도록 허용하면서, 동시에 거기서 벗어나려고 안간힘을
쓰는 것이다. 무시한다는 것은 어떤 식으로도 거기에 반응하지 않으며,
따라서 그것을 삶 속에 가지고 있지 않는 것을 뜻한다.

당신이 라디오 수신기라고 가정해보라. 잠에서 깨어나면 당신은
매일같이 진절머리 나는 방송을 듣는다. 그 방송이란 바로 당신을
둘러싼 세상이다. 그러니 그저 다른 주파수로 다이얼을 돌리라!

_《리얼리티 트랜서핑 1》, 박인수 옮김, 정신세계사, 2009, 71쪽

• **담담하다** 혱 : (…에) 1. 어떤 느낌이나 무엇에 마음을 두지 않고 무관심하다.
• **회피하다** 동 : (…을) 1. 몸을 숨기고 만나지 아니하다.
　　　　　　　　　　 2. 꾀를 부려 마땅히 져야 할 책임을 지지 아니하다.
　　　　　　　　　　 3. 일하기를 꺼리어 선뜻 나서지 않다.
　　　　　　　　　　 유의어) 피하다. 외면하다. 꺼리다.
• **무시하다** 동 : (…을) 1. 사물의 존재 의의나 가치를 알아주지 아니하다.
　　　　　　　　　　 2. 사람을 깔보거나 업신여기다.
　　　　　　　　　　 유의어) 깔보다. 얕보다. 멸시하다. 내려다보다.

유선경 산문 〈구멍 난 채로도 잘 살 수 있다〉

구멍이 점점 뚜렷이 보인다면 환영할 일이야. 이제야 자기 모습을
제대로 본다는 거니까. 이젠 받아들여. 네가 너의 구멍을, 네가 너를.
지금 너의 문제는 구멍이 났다는 게 아니라 구멍이 나도 얼마든지 잘
살 수 있다는 걸 믿지 못하는 거야.

그런데 말이야. 신은 그렇게까지 대책 없는 구조로 인간을 설계하지
않았거든. 인간의 영혼은 벽돌담이 아니라 그물 같은 거야. 빈틈없이
쌓아올려서 구멍이 생기면 와르르 무너지는 게 아니라 그물처럼
구멍이 나서 '무엇'이 새로 들어올 수 있게 하는 거야. 바로 그 '무엇'이
지금까지 경험하지 못한 새로운 세상으로 데려가. 그렇게 조금씩
영혼이 자라는 거지.

 사람의 영혼은 자랄수록 단단해져. 구멍 난 채로도 얼마든지 잘 살
수 있어. 오히려 그 덕에 더 잘 살 수 있어. 정말이야. 믿어도 좋아.

_《사랑의 도구들》, 콘택트, 2023, 101쪽

에픽테토스 산문
〈내가 사랑하는 것들의 본질을 늘 기억하자〉

내 마음을 즐겁게 해주는 것, 내 결핍을 채워주는 것, 내가 사랑하는 것,
이런 것들을 대할 때면 아무리 하찮은 것이라도 그것의 진정한 본질이
무엇인지 늘 기억하라. 예를 들어 애지중지하며 아끼는 도자기가
있다면 내가 사랑하는 것은 질그릇임을 기억하라. 그렇다면 깨지는
본질을 가진 그 질그릇이 깨졌을 때 이를 담담히 받아들일 수 있다.
자식이나 아내에게 입맞춤을 할 때도 내가 입맞춤을 하는 상대는
사람이라는 것을 기억하라.

_《에픽테토스의 인생을 바라보는 지혜》, 키와 블란츠 옮김, 메이트북스, 2019, 25쪽

- **결핍** 몡 : 있어야 할 것이 없어지거나 모자람.
  유의어) 결여. 모자람. 부족.
- **하찮다** 혱 : 1. 그다지 훌륭하지 아니하다.
  2. 대수롭지 아니하다.
  유의어) 초라하다. 쩨쩨하다. 작다. 우습다. 시들하다. 사소하다.
- **진정하다** 혱 : 참되고 올바른.
  유의어) 바르다. 올바르다. 정직하다. 진실하다. 참답다. 참되다.
- **본질** 몡 : 1. 본디부터 가지고 있는 사물 자체의 성질이나 모습.
  2. 사물이나 현상을 성립시키는 근본적인 성질.
  유의어) 근본. 성격. 성질.
- **담담하다** 혱 : 차분하고 평온하다.

칼릴 지브란 시 〈기쁨과 슬픔에 대하여〉

기쁠 때, 그대 가슴 깊이 들여다보라. 그러면 알게 되리라. 그대에게
슬픔을 주었던 바로 그것이 그대에게 기쁨을 주고 있음을.
슬플 때도 가슴속을 다시 들여다보라. 그러면 알게 되리라. 그대에게
기쁨을 주었던 바로 그것 때문에 그대가 지금 울고 있음을.

_《예언자》, 류시화 옮김, 무소의뿔, 2018

헤르만 헤세 소설 《데미안》

깨달은 인간에게 부여된 의무는 오직 단 한 가지뿐이었다. 바로 자기 자신을 찾고, 자기 안에서 확고해지고, 어디로 향하든지 자기만의 길을 찾아 앞으로 걸어가는 것이다. 이 깨달음은 나를 깊이 뒤흔들어 놓았다. 그리고 바로 이것이 내 경험을 통해 얻은 열매였다. (중략) 진정한 소명은 자기 자신에게 이르는 것, 단 한 가지뿐이었다. 누군가 시인, 미치광이, 예언자 또는 범죄자로 생을 마감한다고 해도 문제가 아니며, 결국은 그리 중요한 것도 아니다. 그의 임무는 임의로 선택한 것이 아닌 자신의 운명을 찾아서 그 안에서 온전하고 의연하게 끝까지 살아 내는 것이다.

_서유리 옮김, 위즈덤하우스, 2018, 218~219쪽

이자현 산문〈제이표 (第二表: 두 번째 올리는 상소문)〉

새가 즐기는 곳은 무성한 숲이고, 물고기가 즐기는 곳은 깊은
물입니다. 물고기가 물을 사랑한다고 새까지 깊은 연못으로 옮길 수
없고, 새가 수풀을 사랑한다고 물고기까지 숲으로 옮길 수 없습니다.
새로써 새를 길러 마음껏 수풀을 즐길 수 있게 맡겨두고, 물고기를
보고 물고기를 알아 강과 호수를 멋대로 즐기게 내버려 두어, 한
물건이라도 제 있을 곳을 잃지 않게 하고, 모든 생물이 제각기
마땅함을 얻도록 해야 합니다.

헨리 데이비드 소로우 산문〈월든-맺는말〉

왜 우리는 성공하려고 그처럼 필사적으로 서두르며, 그처럼 무모하게
일을 추진하는 것일까? 어떤 사람이 자기의 또래들과 보조를 맞추지
않는다면, 그것은 아마 그가 그들과는 다른 고수鼓手의 북소리를 듣고
있기 때문일 것이다. 그 사람으로 하여금 자신이 듣는 음악에 맞추어
걸어가도록 내버려두라. 그 북소리의 박자가 어떻든, 또 그 소리가
얼마나 먼 곳에서 들리든 말이다. 그가 꼭 사과나무나 떡갈나무와 같은
속도로 성숙해야 한다는 법칙은 없다. 그가 남과 보조를 맞추기 위해
자신의 봄을 여름으로 바꾸어야 한단 말인가?

_《월든》, 강승영 옮김, 은행나무, 2011, 482쪽

레이첼 나오미 레멘 산문 〈진짜 이야기〉

"그러나 약속의 땅으로 데려가신다고 했잖아요? 거짓말이었어요,
할아버지?"
"아니지. 사실이었지. 하지만 백성들이 선택해야 했던 것은 노예냐,
자유냐 사이의 선택이 아니란다. 우리는 항상 노예 생활이냐, 알 수
없는 미지의 삶이냐를 놓고 선택을 하게 되는 것이란다."

_《할아버지의 기도》, 류해욱 옮김, 문예출판사, 2005, 321~322쪽

미겔 데 세르반테스 소설《돈키호테》

명심해라 산초야. 다른 사람보다 더 노력하지 않고서 다른 사람보다
더 훌륭해지길 바란다면 그것은 잘못이다. 우리에게 일고 있는
이런 폭풍우는 곧 평화로운 시간이 찾아오고 좋은 일이 일어난다는
징조이기도 하다. 좋은 일이건 나쁜 일이건 영원히 계속될 수는 없는
법이니까 말이다. 지금까지 나쁜 일만 계속 있었으니 이제부터는 좋은
일들만 일어날 것이다. 그러니 나에게 일어난 불운에 대하여 슬퍼하지
마라. 네가 상관할 문제가 아니니까.

_박철 옮김, 시공사, 2004, 222쪽

- **노력하다** 동 : 목적을 이루기 위하여 몸과 마음을 다하여 애를 쓰다.
  유의어) 힘쓰다. 힘들이다. 주력하다. 애쓰다. 분투하다. 매진하다. 공들이다.
- **징조** 명 : 어떤 일이 생길 기미.
  유의어) 조짐. 전조. 싹수. 징후.
- **상관하다** 동 : 1. 서로 관련을 가지다.
  2. 남의 일에 간섭하다.
  유의어) 참견하다. 아랑곳하다. 관련하다. 간섭하다.

빈센트 반 고흐 산문〈많이 감탄해라〉

될 수 있으면 많이 감탄해라! 많은 사람들이 충분히 감탄하지 못하고
있으니까.
산책을 자주 하고 자연을 사랑했으면 좋겠다. 그것이 예술을 진정으로
이해할 수 있는 길이다. 화가는 자연을 이해하고 사랑하여, 평범한
사람들이 자연을 더 잘 볼 수 있도록 가르쳐주는 사람이다. 화가들
중에는 좋지 않은 일은 결코 하지 않고, 나쁜 일은 결코 할 수 없는
사람이 있다. 평범한 사람들 중에도 좋은 일만 하는 사람이 있듯.

_《반고흐, 영혼의 편지》, 신성림 옮기고 엮음, 2017, 위즈덤하우스, 13쪽

장건 시 〈떨리는 지남철〉 (신영복 옮김)

북극을 가리키는 지남철은 무엇이 두려운지
항상 그 바늘 끝을 떨고 있다.
여윈 바늘 끝이 떨고 있는 한 그 지남철은
자기에게 지니워진 사명을 완수하려는 의사를
잊지 않고 있음이 분명하며
바늘이 가리키는 방향을 믿어서 좋다.
만일 그 바늘 끝이 불안스러워 보이는 전율을 멈추고
어느 한쪽에 고정될 때
우리는 그것을 버려야 한다.
이미 지남철이 아니기 때문이다.

_《담론》, 신영복, 돌베개, 2015, 409쪽

나의 글쓰기 ✏️

자기조절력에 관한 문답

1. 당신에게 자기조절력이 필요한 순간은 언제인가요.

_____

_____

_____

2. 위 질문에 대한 답에는 무엇이 담겨 있나요.
   감정 어휘로 표현해보세요.

_____

_____

_____

3. 그 감정에 대해 평소 어떻게 반응하나요.

_____

_____

_____

_____

4. 그 반응을 어떻게 바꾸고 싶은가요.

_____

_____

_____

_____

5. 반응을 바꾸면 당신의 몸과 마음이 어떤 상태가 될 것 같나요.

_____

_____

_____

_____

6. 당신은 당신의 유일한 친구입니다. 공감하고 이해해주세요.

_____

_____

_____

_____

5.　표현력: 생각이나 느낌 등으로 추상화한 것을 말과 글로 구체화하다

　굉장히 탁월한 통찰력을 가진 이가 있습니다. 얼마나 탁월한가 하면 이 세상을 구원할 수 있을 정도입니다. 그만한 통찰력을 가지기 위해 수십 년 동안 수행했고 명상했습니다. 그리고 죽었습니다. 누구도 알지 못했습니다. 세상을 구원할 정도의 통찰력이 있었다는 사실을 아무도 알지 못했습니다. 왜냐하면 그에게는 그 탁월한 통찰력을 말이나 글로 구체화할 표현력이 없어 늘 머릿속에만 있었으니까요.

　제가 지어낸 이야기입니다만, 실제로 그런 이들이 적잖았고 현재도 있을 거라고 생각합니다. 표현력이 없어 세상에 나오지 못한 빼어난 작품과 사상이 적지 않을 거라고 말입니다.

　생각이나 느낌을 구체화해서 남에게 전하려면 언어라는 고도의 수단을 통과해야 합니다. 그런데 언어는 내가 만든 것이 아닙니다. '나만의 언어'

라는 것은 세상에 존재할 수 없습니다. 소통이 목적인 언어의 당위성이 깨지는 것이니까요. 나의 생각이고 느낌인데 남이 만든 오랜 수단을 가지고 표현할 수밖에 없다는 근원적 딜레마에 표현의 어려움이 존재합니다. 또한 그렇게 세상에 나온 글은 어쨌든 언어라는 거름망을 통과해 걸러진 생각이고 느낌이라는 점에서 개성의 한계가 있기 마련입니다.

　그런데도 참, 신기하지요. 과거로, 미래로, 우주로 지금 내가 있는 곳에서 가장 멀리 데려다 줄 수 있고 타인의 마음이나 머릿속 그리고 상상이라는 볼 수 없는 곳까지 데려다 주는 것으로는 언어가 유일합니다. 구체적으로는 언어의 표현력이 이 무한하고도 짜릿한 자유를 누리게 해줍니다.

　이러한 언어의 기능은 정말이지, 인간에게 가장 큰 축복이 아닐 수 없습니다. 마지막 장으로 준비한 글은 '표현력'에 관해서입니다. 사실 지금까지 필사한 모든 문장이 곧 표현력이었습니다. 표현력이 없었다면 저한테 전해지지 못했을 테니까요. 마찬가지로 다음 문장들은 표현력으로 분류했지만 표현력만 탁월한 것이 아닙니다. 다른 어떤 힘을 가졌는지 필사하면서 느껴 봐도 좋겠습니다.

　저는 모든 사람이 천재로 태어난다고 생각합니다. 표현력이 없어서 불행한 천재가 되지 마세요. 무엇보다 당신 곁에 있는 사람이 당신의 생각이나 느낌, 마음을 모르게 하지 마세요. 당신을 알리세요. 표현하세요. ✎

오가와 이토 소설《츠바키 문구점》

너무 더워서 땀이 등에 폭포처럼 흘렀다. 참을 수 없어서 단숨에
마셨더니, 차가운 거품이 입속에서 작은 물고기처럼 파닥파닥 뛰었다.
삼키고 나자, 몸속에 차가운 터널이 지나갔다.

_권남희 옮김, 위즈덤하우스, 2017, 47쪽

로버트 프로스트 시 〈창가의 나무〉 중 일부

땅에서 치켜든 모호한 꿈의 머리,

뜬구름 못지않게 산만한 꿈,

큰소리로 말하는 당신의 가벼운 혀들이

죄다 심오할 수는 없을 것입니다.

_《로버트 프로스트 명시 읽기》, 신재실 옮김 · 편저, 한국문화사, 2022

청허 휴정 시
〈여인숙을 지나다 거문고 소리를 듣고 過邸舍聞琴〉

고운 손 하얀 눈처럼 어지러이 움직이더니
가락이 끝났어도 정은 남는다.
가을 강이 거울 빛을 열어
푸른 봉우리들을 그려낸다.

헤닝 만켈 소설 《이탈리아 구두》

"평생 추웠어. 온기를 찾아 사막과 열대지방으로 가기도 했지. 하지만
내 안에는 늘 작은 고드름이 매달려 있었어. 사람들은 언제나 뭔가를
끌고 다니지. 어떤 사람들은 슬픔을, 또 어떤 사람들은 불안을. 내가
끌고 다닌 것은 고드름이었어. 당신은 낡은 어부의 집, 안락한 방에
있는 개미집을 끌고 다니고."

_전은경 옮김, 뮤진트리, 2010, 101쪽

요한 볼프강 폰 괴테 소설《젊은 베르테르의 슬픔》

사람의 운명이란 제 한계를 감내하면서 자신의 술잔을 비워버리는
것이 아니겠는가? 이 술잔은 인간 예수의 입술에도 쓰디쓴
것이었는데, 내가 왜 굳이 허세를 부려가며 달콤한 척하겠는가?

_안장혁 옮김, 문학동네, 2010, 134쪽

정지용 시 〈압천〉

압천鴨川 십 리 벌에
해는 저물어…… 저물어……

날이 날마다 님 보내기
목이 자졌다……
여울 물소리……

찬 모래알 쥐어짜는
찬 사람의 마음,
쥐어짜라. 바수어라.
시원치도 않어라.

여뀌풀 우거진 보금자리
뜸부기 홀어멈 울음 울고,

제비 한 쌍 떴다,
비맞이 춤을 추어.

수박 냄새 품어 오는
저녁 물바람.
오랑쥬 껍질 씹는
젊은 나그네의 시름.

압천 십 리 벌에
해가 저물어…… 저물어……

- **압천**(鴨川) : 정지용이 유학 시절 머무른 교토 시내를 흐르는 가모가와 강을 이름.
- **십 리**(十里) : 약 4킬로미터.
- **벌** 몡 : 매우 넓고 평평한 땅.
- **비맞이** 몡 : 비가 오는 것을 구경하거나 맞이하는 일.
- **물바람** 몡 : 강이나 바다 따위의 물 위에서 불어오는 바람.

베르톨트 브레히트 시〈나의 어머니〉

그녀가 죽었을 때 사람들이 그녀를 땅에 묻었다
꽃이 자라고 나비가 그 위를 날아간다
그녀는 체중이 가벼워 땅을 거의 누르지도 않는다
그녀가 이리 가벼워지기까지 얼마나 많은 고통을 겪었을까

이성복 시 〈느낌〉

느낌은 어떻게 오는가.
꽃나무에 처음 꽃이 필 때
느낌은 그렇게 오는가
꽃나무에 처음 꽃이 질 때
느낌은 그렇게 지는가

종이 위의 물방울이
한참을 마르지 않다가
물방울 사라진 자리에
얼룩이 지고 비틀려
지워지지 않는 흔적이 있다

_《정든 유곽에서》, 문학과지성사, 1996

정현종 시〈모든 순간이 꽃봉오리인 것을〉

나는 가끔 후회한다
그때 그 일이
노다지였을지도 모르는데……
그때 그 사람이
그때 그 물건이
노다지였을지도 모르는데……
더 열심히 파고들고
더 열심히 말을 걸고
더 열심히 귀 기울이고
더 열심히 사랑할 걸……

반벙어리처럼
귀머거리처럼
보내지는 않았는가
우두커니처럼……
더 열심히 그 순간을
사랑할 것을……

모든 순간이 다아
꽃봉오리인 것을,
내 열심에 따라 피어날
꽃봉오리인 것을!

_《사랑할 시간이 많지 않다》,
문학과지성사, 2018

최승자 산문 〈둥글게 무르익은 생명〉

이제 무르익은 가을의 한중간, 지상의 식물들은 그 둥근 완성을 위하여
보이지 않게 땀 흘릴 것이고, 이름 없는 무수한 풀과 나무도 머잖아
저마다의 크고 작은 그해의 열매들을 떨굴 것이고, 그리고 한 해의
시간 자체가 커다란 둥근 열매로 익어 마악 떨어지려 하는 것 같다.

_《한 게으른 시인의 이야기》, 난다, 2021, 91쪽

프리드리히 빌헬름 니체 산문시 〈지복의 섬에서〉

무화과 열매들이 나무에서 떨어진다. 그것들은 탐스럽고 달콤하며,
나무에서 떨어지면서 발그스름한 껍질이 터진다. 나는 무르익은
무화과 열매들에 휘몰아치는 북풍이다.
나의 벗들이여, 이 가르침이 그대들에게 무화과 열매처럼 떨어진다.
이제 이 과즙을 마시고 달콤한 과육을 먹어라! 가을은 한창이고 청명한
오후다.
보라, 우리 주변이 얼마나 풍요로운가! 이 넘치는 풍성함 속에서
먼바다를 바라보는 것이 얼마나 아름다운가.

_《차라투스트라는 이렇게 말했다》, 김인순 옮김, 열린책들, 2015, 111쪽

• **지복** 명 : 더없는 행복.

나의 글쓰기 ✏️

표현하기

표현하고 싶은 것에 대해 표현해보세요.

지금까지 필사한 문장을 모방해도 좋아요.

많은 사람이 인생의 마지막 순간에 표현하고 싶었으나

표현하지 못한 것이 있다면 무엇일지 상상해보세요.

하루 한 장 나의 어휘력을 위한 필사 노트

초판 1쇄 발행 2024년 3월 28일
초판 38쇄 발행 2024년 11월 5일

지은이 유선경
펴낸이 최순영

출판1 본부장 한수미
라이프 팀장 곽지희
편집 이선희
디자인 신나은

펴낸곳 ㈜위즈덤하우스   **출판등록** 2000년 5월 23일 제13-1071호
주소 서울특별시 마포구 양화로 19 합정오피스빌딩 17층
전화 02) 2179-5600   **홈페이지** www.wisdomhouse.co.kr

ⓒ 유선경, 2024

ISBN 979-11-7171-167-3 03800

값 23,800원

ISBN 979-11-7171-167-3 03800